कलुआ की अंगुलियां

कलुआ की अंगुलियां

कविता संग्रह

अरूण श्रीवास्तव

KALPAZ

कलुआ की अंगुलियां

ISBN: 978-81-7835-966-3

भारत में सन् 2013 में प्रकाशित
कल्पाज़ पब्लिकेशन,
सी-30, सत्यवती नगर,
दिल्ली - 110052

Phone : 9212142040
ई-मेल : kalpaz@hotmail.com

टंकण सम्पादन कार्यः अवधेश कम्प्यूटरर्स
मुद्रितः चावला ऑफसैट प्रिंट्रश, दिल्ली

समर्पण

परम पूज्य गुरूदेव

संत शिरोमणि श्री रावतपुरा सरकार

के श्री चरणों में समर्पित

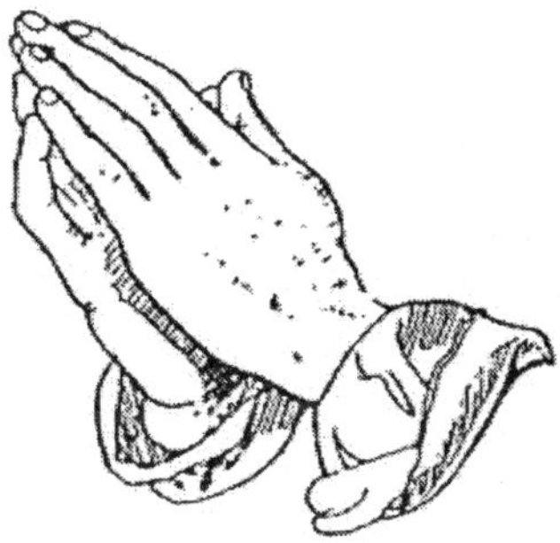

विषय सूची

अपनी बात.......

सामाजिक विषमता, व्यवस्था की संकुचित सोच, अनर्गल विवशता और मानवीय संवेदना का दिखावटीपन, जैसी बातों ने हमेशा मन को आहत किया तथा मस्तिष्क ने तनाव को झेला. परिणामतः मन ने, चल रहे विचारों को सहेजकर रखा, जिन्होंने कविता का रूप लिया। हो सकता है ये, कविताएं, कविता के मानक मापदंडों पर खरी न उतरें, इसका भान है मुझे। परंतु छोटे भाई जैसे मित्रवत् व्यवहार के धनी श्री सुधीर श्रीवास्तव एवं श्री मनोज जैन के आग्रह और निवेदन के वशीभूत इन्हें प्रकाशित करने का साहस जुटा पा रहा हूं. अब चाहे आप प्यार दें या दुत्कार दें। पांडुलिपि को टंकित कर पूरा संग्रह का रूप श्री मनोज जैन ने दिया और, एक साथी के मित्रवत् व्यवहार ने मेरी कविताओं में छुपी भावनाओं को रेखाओं में आकार देकर इसे खूबसूरत एवं आकर्षक बनाया जिनका नाम है श्री प्रवीण नारद। इन तीनों के अलावा उन सभी का आभारी हूं जिनसे जाने अनजाने प्यार और उपहास दोनों ही प्राप्त हुआ है, जो मेरा संबल भी है और साहस भी। पुनः आपके प्यार की आशा के साथ यह काव्य संग्रह प्रस्तुत है जिसे आपके समक्ष ''कलुआ की अंगुलियां'' रूप में प्रस्तुत करने का बीड़ा उठाया है कल्पज पब्लिकेशन, दिल्ली ने। इनका भी मैं आभारी हूं।

भोपाल,

अरूण श्रीवास्तव

बेजुबान

ये
काले पिचके तुचके चेहरे
चल पड़ना
भोर के भोंपू के पीछे पीछे
सूखी नंगी हंसती पांव की ऐड़ी
खोज रहा है,
कोयले में हीरा
मिलता बस है पत्थर कंकर
आना–जाना आना जाना
नोनं–तेल का है ये चक्कर
गृहद्वार?
खोखली आशाओं का जीवन संगी
अस्फुट शब्दों में रोना रोती पत्नि
सूखा होता दूध का आंचल
क्रंदन करता भूखा बालक
दमा से पीड़ित
सूखी हड्डी पसली सी मां
दरवाजे पर दस्तक?

दरोगा से आबरू का पर्दा!
जमींदार के ब्याजी धन कर ढर्रा!!
कुछ न करे बयान?
चुप्पी का क्या अंजाम??
और एक दिन सो जाता है
वह काला पिचका तुचका चेहरा
बेजुवान! बेजुवान!! बेजुवान!!!

और फिर ! ऊपर से....

चेहरा और फिर!
ऊपर से... ये मुखौटे
अनगिनत दबावो को,
कसाब से
वहशी परवाने हैं लपेटे
प्रयोगशालाओं के कंकालों की
चीखती आवाजें
साथ देती दरवाजों की खिसकती
चरमराहट
और फिर! ऊपर से....
रोजाना सूखी खंडित भूमि से
उपजती शवविहीन अर्थियां
करती कोशिश लेने करवट
झोपड़ी की दरारों से
सरकाया लाज का आंचल
और फिर! ऊपर से...
कोठे पर बैठायी जिंदा

बन गयी मरी लाश की
थिरकन–प्रतिपल
दादा की झुर्रियों पर
अर्द्धरात्रि से कुड़कुड़ाती मुर्गियाँ
और फिर! ऊपर से...
कुत्तों के निर्भीक
और स्वतंत्र रूदन की कूकियां

तुम्हारे शब्द चित्र

तुम्हारा मौन समर्पण लगता है
न जाने कितने बीजगणितीय
समीकरणों का
उलझाव है अथवा सुलझाव
तुम्हारा
खिलखिलाना लगता है
किसी समाजशास्त्री के
किताब का प्राक्कथन अथवा दो शब्द
तुम्हारा प्रेम प्रदर्शन लगता है
किसी भौतिकशास्त्री की
परिकल्पना
सफल अथवा असफल
तुम्हारा देह प्रदर्शन लगता
किसी अर्थशास्त्री के
आंकड़ों की बयानगी
दृष्टिगत रखकर
पदोन्नति अथवा स्वार्थसिद्धि

वह मेरे गांव का एक युवा था

हाथ कटा था, होंठ फटा था
बातों से सिरफिरा लगा था
अभावों का ताज लगाये
लिये डिग्रियां नोंच रहा था
वह मेरे गांव का एक युवा था
मां का आंचल सिसक रहा था
बहिन का सपना चटक रहा था
क्यों जिंदा हो हे अभागे!
बाप का गुस्सा कसक रहा था
वह मेरे गांव का एक युवा था
राजनीति ने पकड़ रखा था
शून्य ने उसे जकड़ रखा था
हर उत्पात में नाम था आता
फिर भी गीत देश प्रेम के गाता
वह मेरे गांव का एक युवा था
रोज सजीले सपने पीता
कड़वे संवादों में नित है जीता
बेरोजगारी की मैली कथरी में

नये नये है सपने सींता
वह मेरे गांव का एक युवा था
उंसको मैंने यह समझाया
पलटो सृष्टि की तुम काया
संघर्षों को लक्ष्य है जानो
शोषण से कुछ कहा ना मानो,
वह मेरे गांव का एक युवा था

भूख का सैलाब

दर्द खूब बहा
रात भर
नदियां उफनायी
नाले नालियां किनारे तोड़
लगे चाटने पूरी परिधि को
बस
चुप था
बहता हुआ/बिखरता हुआ
सैलाब भूख का
आसमान चमक चमककर
मुंह चिढ़ा रहा था
आदमी को
कह रहा था देखो
अपनी दशा
हाहाकार और क्रंदन
लूटपाट और पीड़ा
अपनी पीठ में पड़ता छुरा
अपने ही हाथ से

पीछे से
और देखो
बेटी की आबरू का सर्वस्व असमान
वितरण
पत्नि की सूनी मांग की चुप्पी
देखो! और क्या देख सकोगे?
कितना कुछ है
आदमी और बेईमानी/कामचोरी का
खुला संघर्ष
डूबते को बचाओ
फिर
अस्मत को लूट खाओ
चिढ़ाया खूब चिढ़ाया
लंबी व्यवस्था ने
व्यवस्था थी
अनगिनत कदम आगे
भूख के सैलाब से
व्यवस्था और भूख
दोनों एक दूसरे के
पहलू हैं
फिर भी
कोसते हैं
व्यवस्था को
हम क्या कर सकते हैं?
हम सभी को मालूम है

चुप रहो
कोई सुन न ले
नहीं तो
अभी तक शांत भूख का सैलाब
उमड़ सकता है।

अहसास

मुझे अभी भी
याद है
इसी मुंडेर पर बैठकर
बाबा धूप सेंकते थे
धूप की चिलचिलाहट
कोलाहल करते पक्षी
बैठ चिचियाहट
मुंडेर वही है
हवा वही है
सूर्य की प्रदीप्ति
अब वैसी नहीं कहीं है
मुंडेर की चौखट को
दीमकें खोखली कर रहीं हैं
कितनी चीटियां रेंग रहीं हैं
मुझे यह भी मालूम है
दूर से कनकौओं का झुंड
आयेगा
मुंडेर की चौखट पर बैठेगा

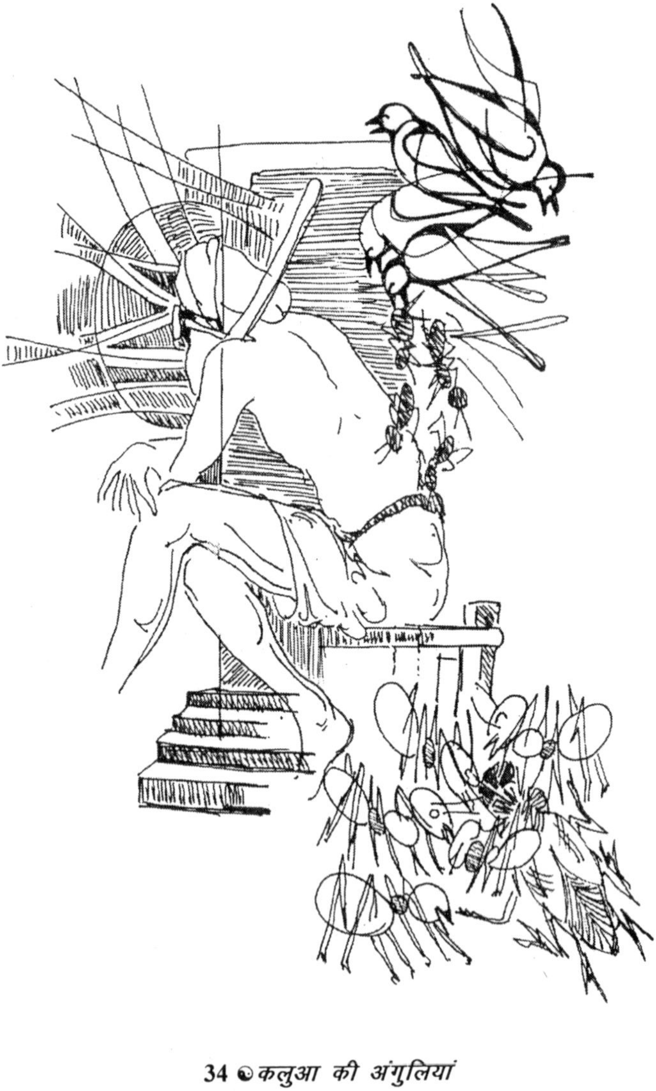

और फिर
रेंगती चीटियों से
अधमरे–मरे कीट–पतंगों को
चोंच मारकर छुडा ले जायेगा

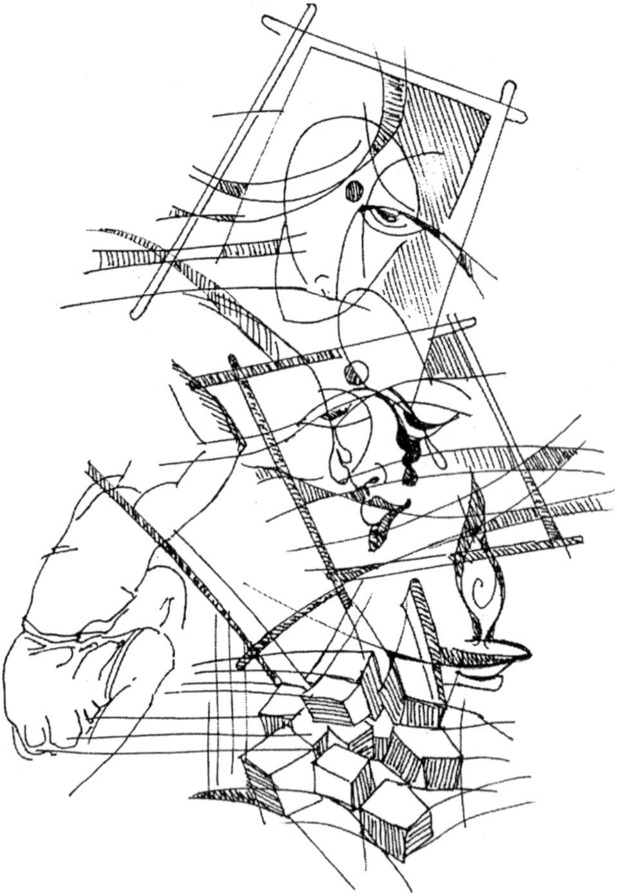

स्वप्न

नींव के पत्थरों को तोड़कर
स्वप्न अब आने लगे हैं
अभावहीन आंखों में आंसू
बरसाने लगे हैं
आंखों में किरकिरी होने पर भी
हर सपना आ जाता है
आंखों के खुलते ही
आदमी खुद सपना रह जाता है
कहते हैं कि
स्वप्न के इन अट्टाहासों से
आदमी घबराने लगा है
फिर भी,
बैठा–बैठा सपनों से ही
जिंदगी की सेज सजाने लगा है
और इन अधूरे सपनों को तो देखो
आते हैं आशाओं की बारात लेकर
कहीं कोई दीप जला देते हैं
तो कहीं कोई दीप बुझा देते हैं

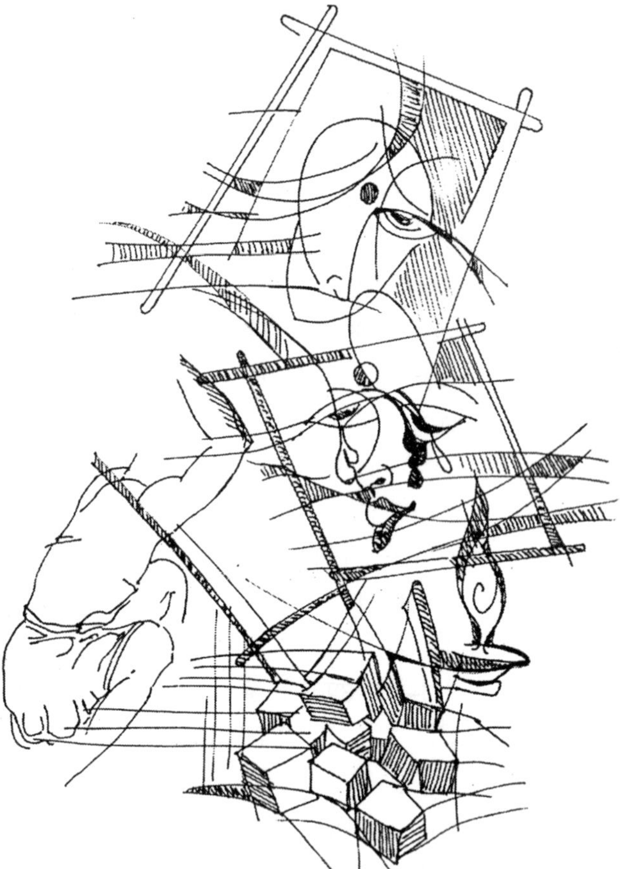

कहीं डगमगाती लौ को संभाल देते हैं
तो कहीं जलती लौ का
डगमगा देते हैं
और आदमी है कि
रोजाना लंबी नींद
नित नये सपने संजोये ही सोता है

गाड़ी और वह

गाड़ी चलते–चलते
कुछ रेंगकर
अचानक रूक गयी
फिर चल पड़ी
कुछ ने कहा
फिश प्लेटें तो नहीं उखड़ी हैं
निश्चय ही वे
सामाजिक ठेकेदारों द्वारा कहे
शब्द रहे होंगे
उन्हें नहीं मालूम कि
वे फिश प्लेटें नहीं
वे तो क्रूर और असहनीय विपदायें हैं
जो अट्टालिकाओं वालों द्वारा
ऊंचे छज्जों से
झोपड़ियों पर पटकी गयी है
जो ऊपर से आते–आते
नीचे तक
लोहे सी मजबूत हो गयी हैं
सच फरमाया था कुछ ने

उन्हें तोड़ा नहीं जा सकता
उन्हें तो केवल उखाड़ा जा सकता है
वे खुद
अपने ही डिब्बे में देख लें
उनका बेटा
बेकाबू भीड़ और ऊपर से
कोने में लात मारकर
भिखारिन सी लड़की को निहारा
साली?
कुत्ती?
होगी कोई धंधे वाली
और यह बेकाबू भीड़
कभी गाड़ी के पीछे
कभी मेरे पीछे
गाड़ी और मुझे
जिंदगी
और रास्ते में
कितने संकेत मिले हैं
फिर भी गाडी आगे बढ़ती है
कभी लेट
और कभी भारी लेट
लगा अब शायद रूक गयी
पर वह रूकी नहीं
वह रेस्ट ले रही है
न जाने कितने चढ़े

कितने उतरे
फिर भी गाड़ी आगे बढी
वह बैठी है
कहीं उतरेगी
पर कहां? नहीं मालूम
शीशे के बाहर चेहरा
निकालने के प्रयास के साथ
चांद को देख
उसकी मांग पर दांत
किटकिटा रहा है
वहीं उसी डिब्बे में
कोने में
अधकतरी गठरी पर
बैठी बैठी
अनगिनत लातों और तीक्ष्ण नजरों का वार
सहते सहते
सूखे स्तन से
बालक द्वारा दूध निकालने के
प्रयास में
दांत किटकिटाने से
चिहुंक उठती है
पर वह
यह चिहुंक यह सोचकर
भुला देती है
शायद गाड़ी की गति धीमी हो रही है

पर गाड़ी रूकी नहीं
वह तो उसकी जिंदगी सी
रेंग रही है
सोचती है
मैं और गाड़ी
न कोई मर्दाना सहारा
वह अभी तो बैठी है
हर प्लेटफार्म पर
गाड़ी जैसे ही
भीड़ को आकर्षित करती रहेगी
बेटा सूखे स्तन से
दूध निकालने का प्रयास करता रहेगा
पर अब बेटे के दांत किटकिटाने पर
वह चिहुंकेगी नहीं
क्योंकि उसने अपना अंतिम
पड़ाव सोच लिया है
अगले स्टेशन पर वह उतरेगी और
निश्चित उतरेगी
क्योंकि उसने अपना पड़ाव
खोज लिया है।

उगाये गये कुकुरमुत्ते

रेल पटरियों के
किनारे पर गज दो गज के अंतर पे
कुकुरमुत्ते से, उगाये गये
शून्य (?) से
वार्तालाप करते
ये टेलीफोन के खंभे
गवाह हैं
उस अर्थव्यवस्था के
जो पीढ़ियों से
मॉ के गर्भधारित
पेट की तरह
बढ़ती चली जायेगी
बावजूद फटी धोती के
कसाव से
और मुझे मालूम है
उसमें पोषित शिशु
नेत्रहीनता के साथ
पूर्ण शारीरिक विकलांगता

स्वीकारेगा
माँ को
बहुजन हिताय
स्वजन सुखाय की
कोई मशीन समझ
बैठे हैं हम!
हां केवल हम
केवल हम
और देखकर
कुकुरमुत्तों की ऊँचाई
दो–दो चार–चार गज की दूरी पर
प्रतिस्पर्धा में ऊग आये
बिजली के खंभे
चाटुकारिता के आयामों को
अपने शिखर पर बैठाये
खोखले बहुवचन जन्मते हैं
जो आफिसों की फाइलों पर
स्याही ही स्याही के
कई रंगों के हस्ताक्षरों से
समझ नहीं आते
फिर नई फाइल में...
शहरों को गांव की ओर खींचकर
शहरों में
बिल्डिंगों की छतों पर

प्रेमचंद्र की
पंच–परमेश्वर सरीखी
पंचायतें बैठाकर सभी स्वर
एक दूसरे के स्वरों में दबकर
ग्रीष्म में अमराई
आम की मौरोंसे
केवल घने हो उठते हैं
हां केवल घने
केवल घने

 ☯ कलुआ की अंगुलियां

आश्वासन

बूढ़े बरगद के नीचे
बैठकर
योजनाबद्ध तरीके से
काटे गये हाथों से
निर्माण की बातें
दोस्त अब तो
कुछ इस तरह लगती हैं.
जैसे मैं
अपनी पत्नि की
फटी चोली देखकर
उसे अपने पक्ष में
लेने के लिए
नयी लाने का
आश्वासन देकर
फिर झुक जाता हूँ

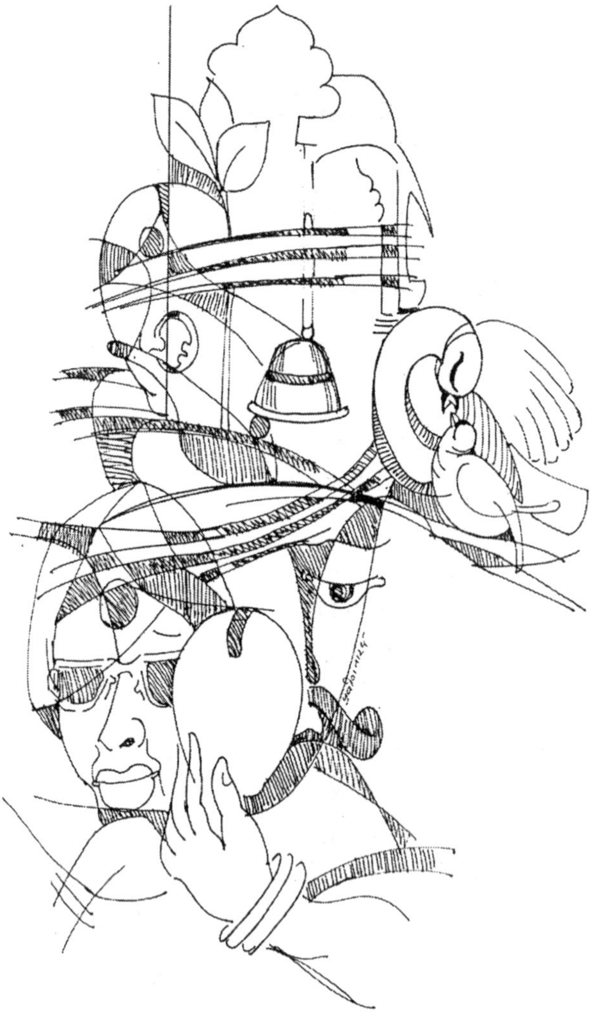

मेरी कविता

मेरी कविता हैं
मेरी पत्नी की
लाल सिंदूरी मांग
जो प्रेरणा स्त्रोत है
मेरी भावनाओं की
मेरी कविता है
मेरी मां की
वह निश्छलता
जो अभी भी झगड़ बैठती है
ठाकुरजी से
देखकर गायब मेरी
सहज मुस्कान
मेरी कविता हैं
मेरी नन्हीं बिटिया की
एक प्यारी सी चुम्मी
जो थकान मिटाकर
दिन भर की
अहसास कराती है

मेरे पितृत्व का
मेरी कविता है
मेरे पिता की तीखी आंखें
जो घूरकर देखती हैं
मां को
सहयोग देने पर मुझे
गुल्लक से पैसे चुराने पर
मेरी कविता हैं
मेरा गांव
मेरा खेत
मेरा घर
जो देर से ही सही
पर मुझे अभी भी
खुश्बू देती है सोंधी सोंधी–सी

आवश्यकता

खिड़की खुली
और बंद हो गयी
जो एक क्रम है
क्रिया नहीं
खिड़की निरंतर
खुलकर बंद होती रहेगी
जब तक कि
क्रिया प्रारंभ नहीं होगी
क्रम का टूटना आवश्यक है
ताकि क्रम का क्रमशः
समाप्त हो जाये
और खिड़की हमेशा
खुली रहे

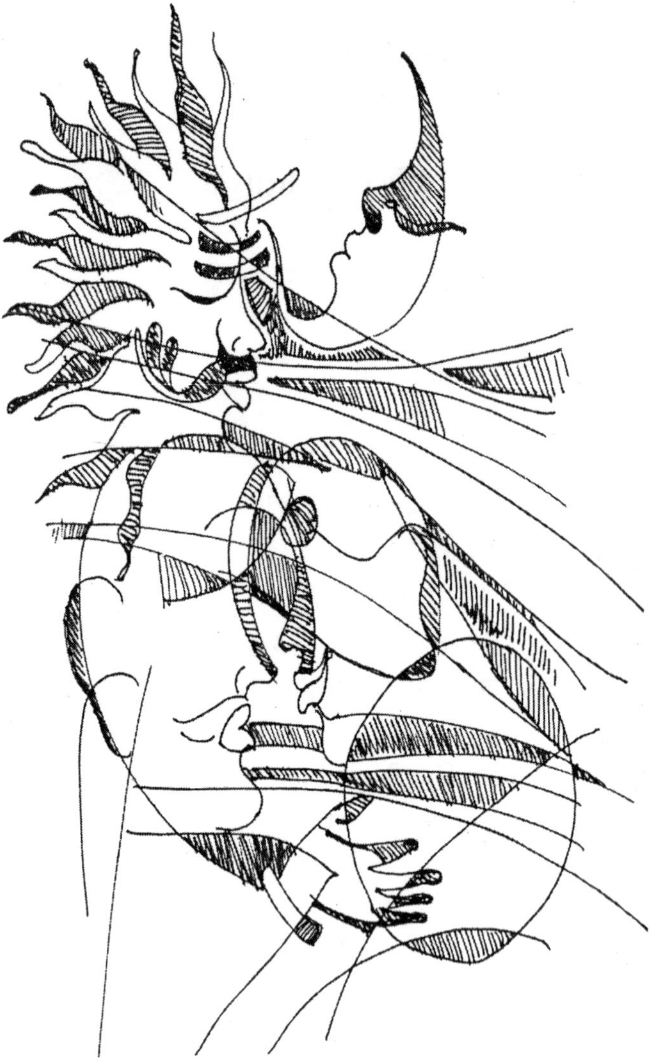

मोहब्बत

रात भर
दांत किटकिटाने की आवाज
प्रातः काल के सूर्योदय ने समझायी
एक निष्प्राण था वह
तड़प थी उसे रोटी की
जो रात भर
संघर्ष करता रहा
ठंडी हवाओं से
बेपनाह मोहब्बत के साथ

कहीं कोई तारा टूटा है

समय के साथ
उछल–उछलकर मचने वाला
धूम–धड़ाका
आज बिल्कुल चुप है
मौन चुप्पी
लंबे–लंबे पग भरते
सन्नाटे
कहीं कुछ भी नहीं शांत
फिर भी सन्नाटे
कहीं कोई तारा टूटा है
ऐसी शंका व्यक्त कर रहे हैं
सभी
जो सच है
गहरा सच
समय के साथ टीस देता रहेगा
घावों को
मन असंयमित होते हुए भी
संयम है
क्योंकि
धूम–धड़ाका आज
बिल्कुल चुप है
और कहीं कोई तारा टूटा है।

दिन काश ! हम तुम होते

दिन! तुम निरंतर अबाध गति से
चले जा रहे हो
दिन! तुम कभी थकते नहीं
दिन! तुम कभी रूकते नहीं
दिन! तुम कभी लड़ते नहीं
तुम्हारी चाल
मैं देखता आ रहा हूँ
एक ही है
तुमने कभी किसी
एक ही ऋतु को
नहीं सहेजा
सारी ऋतुऐं
तुमने बराबर समय में पचायी
कभी कोई
शिकायत नहीं जतायी
कभी तुमने छोटे–बड़े का
फर्क नहीं किया
अच्छे बुरे का भाव नहीं पिया

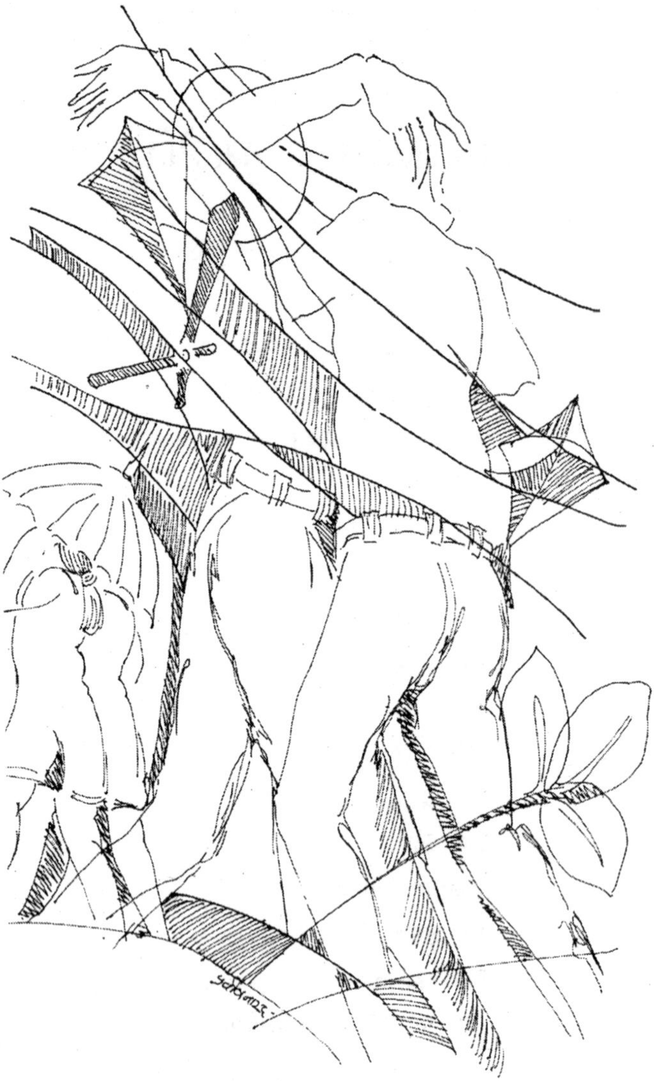

समय के साथ–साथ चले
आदमी की बुराईयों से लड़े
दिन!
तुम कितने भोले हो
रात के अत्याचारों के आगे
कभी नहीं बोले हो
कभी भी तुमने भेदभाव नहीं पाला
जितना समय सुबह को दिया
उतना ही समय
दोपहर और शाम को देकर
समभाव धर्म निभाया
दिन! तुम्हारे डूबते ही
रात का दुष्कर्मी नाटक शुरू होता है
और तुम फिर सुबह की शुरूआत
ताजगी और ठंडक से करते हो
आदमी का दर्द हरते हो
प्रकाश का फैलाव करते हो
दिन तुम कितने भोले हो
निःस्वार्थ चलते हो
दिन काश!
हम तुम होते

चुप्पी

कुंडी पर लगा ताला
वर्षों के बाद
जब तोड़कर
खोला जाता है
तब लगता है कि
वर्षों की चुप्पी
कभी भी भड़क सकती है
शोला बनकर

चेतावनी

मैंने तुम्हे
कई बार
नन्हें–मासूम
और
अविकसित फूलों को तोड़ते देखा है
और सुना है
कई फूल ऐसे भी होते हैं
कि तोड़ते समय
उनसे निकलने वाला द्रव्य
बहुत जहरीला होता है
शरीर की चमड़ी में
लगते ही
उसे जला देता है
तो सचेत हो जाओ
और अब
नन्हें–मासूम और
अविकसित फूलों को
तोड़ना छोड़ दो कि

कहीं ऐसा न हो
अब तुम्हारे द्वारा तोड़ा जाने वाला
फूल
वैसा ही न हो जिसका
अभी अभी मैंने जिक्र किया है
और तुम जल जाओ

टिड्डियों का दल

गांव के
सारे के सारे
छोटे बड़े पेड़
अब हो गये हैं गबरू जवान
जिन पर हमें नाज था
कि उनकी छाया में
गोरियां डालेंगी
सावन के झूले
सबेरे के श्रम से थका श्रमिक
लेगा मीठी नींद
राहगीर बैठेंगे पीयेंगे पानी
बूढे कुंए का
जो आज भी मीठा है
पर गांव के सारे के सारे
गबरू जवान पेड़ों को
घेर रखा है
गांव के टिड्डियों के दल ने
कुछ करना होगा

हमें इनके खिलाफ
अन्यथा नहीं तो कल होगा
टिड्डियों का पहाड़
टिड्डियों का बादल
टिड्डियों का साम्राज्य
और यह भी हो सकता है कि
पेड़ों की एक एक पत्ती के
दावेदार हो जायें
चार चार टिड्डियों कई कई दल

खतरा

बार–बार नये–नये तरीके से
सजाकर पहनाये गये
शब्दों के आश्वासन
किताबों के सिद्धांत
विज्ञान के उदाहरण
नितांत अकेली पहेलियां
खोजते प्रतिबिंब
ठहरायी गयी फुसफुसाहट
खाकी और सफेद वर्दियों का षडयंत्र ही
आम आदमी का मातम है
अभिलाषाओं और आशाओं का दर्पण
संकेत देते यातायात के
ट्रेफिक सिग्नल देर तक रूके हैं
खतरा लाल संकेतक पर
क्योंकि खतरा क्या है
ये न ही मुझे मालूम है
और न ही तुम्हे मालूम है
फिर किसे मालूम है

पर आचरण सबका ऐसा है कि
मालूम होते हुए भी
सभी खतरे से कतरा रहे हैं
खतरा जो,
टूट सकता है
हम पर, तुम पर
हर आदमी पर
हर आदमी टाल रहा है
कि खतरा टूटे
पड़ोसी पर, दोस्त पर
पर खुद पर नहीं

घाव

हरिया की आंखें
कहीं न कहीं से
गीली ही लगीं
कटी अंगुलियों के ताजे घाव से
खून नहीं रिस रहा था
जाने किस मिट्‌टी का बना था
उसका सारा का सारा खून
जवान, दहेज के अभाव में बैठी
दो जवान बैठी बेटियों के सपने
पी गये थे
जो बाप का पीछा किया करते थे
खुशी बनकर
साये की तरह
सोते–जागते
हंसते–रोते

रोशनी

रोशनी की बात
किस किस को बतायें
रोशनी कोई बताने लायक
विषय है
रोशनी तो देखने की चीज है
दिखाने की नहीं
मेरा दावा है
रोशनी होती तो
दिख जाती है
रोशनी का विस्तार
छोटे के यहां से
बड़े के यहां
नीचे के यहां से
उंचे के यहां
तुम्हें यह ब्युत्क्रमानुपाती रोशनी
भाती नहीं है
क्योंकि तुम्हारी आदत नहीं ऐसी
रोशनी

देखने की
तुम रोशनी पर बहस कर सकते हो
रोशनी की वकालत कर सकते हो
रोशनी के विस्तार के दावे
ठोंक सकते हो
स्वयं देख सकते हो
पर दिखा नहीं सकते

दीप जले

दीप जले
फुलझड़ियां छूटीं
तन हुआ
छुई–मुई सा
सपनों ने पृष्ठ पलटा
विगत का
अनछुई यादों ने ली
अंगड़ाई
तुम्हारी मीठी
याद में
दीप जले
सुगंध फूटी
दीप जले
देहरी महकीं
फटाखे फूटे
मां की आंखों में
थमे
बीस वर्षों के स्वप्निल आंसू

देखकर बेटे को
फौजी वर्दी में
असंख्य दीप जले
आंसू सूखे

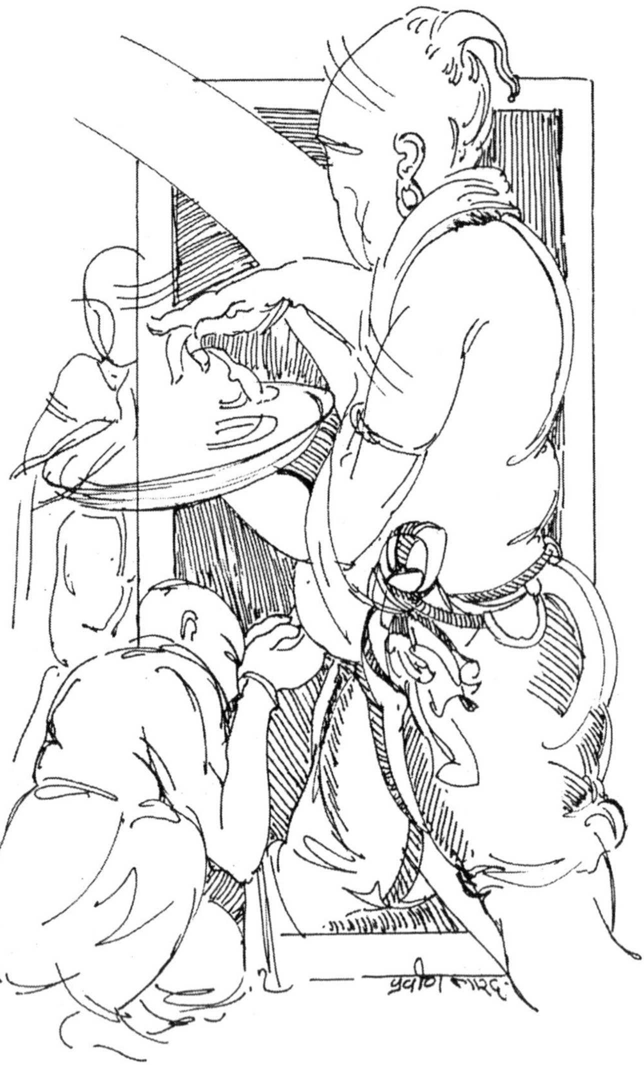

खोखलापन

अरे मेरे दोस्त
कभी
साथ नहीं देने वाला
तुम्हारा यह खोखलापन
रोज नहाना
नहाकर पूजा करना
घंटो मंत्रोचारण करना
और मत्था टेकना
यदि चाहते हो तुम कि
तुम्हें लोग आदमी कहें
तो मेरा कहा
मानो और आज से
तुम भी
अपने सामने आने वालों को
आदमी
मानना शुरू कर दो

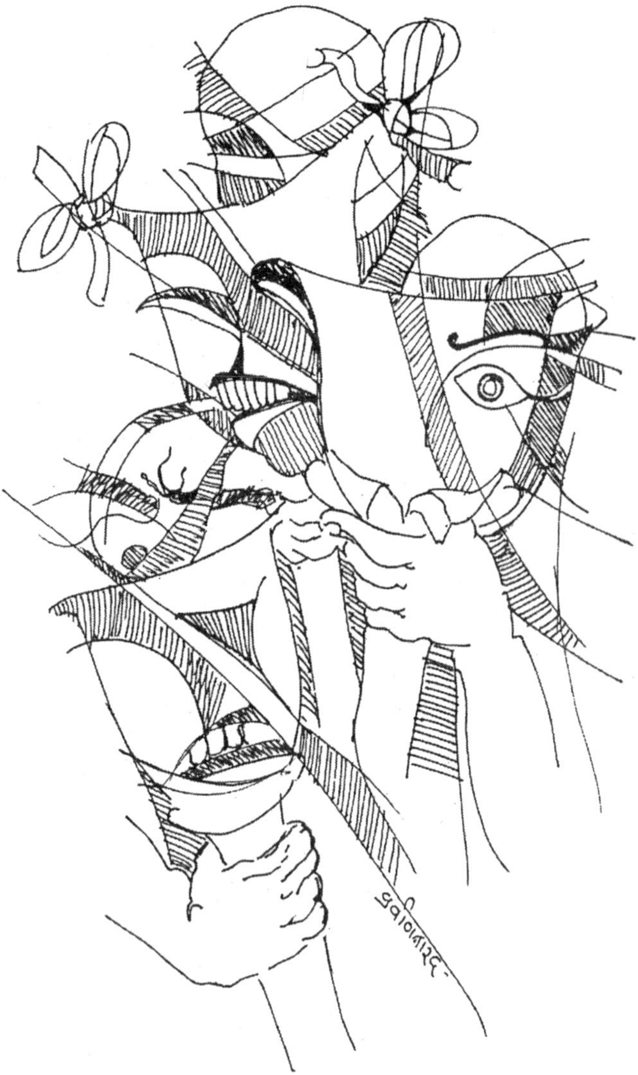

मुखौटे

स्थित यात्राऐं हैं
इस सृष्टि की
कौन कहता है
रोज़ का लंबा सफर
बस
ट्राम
लोकल
देह की बासी छुअन
फिर भी
आदमी
रोज बदलता है
मुखौटे
कितने घिनोने
कितने भयानक
कितने अस्थिर

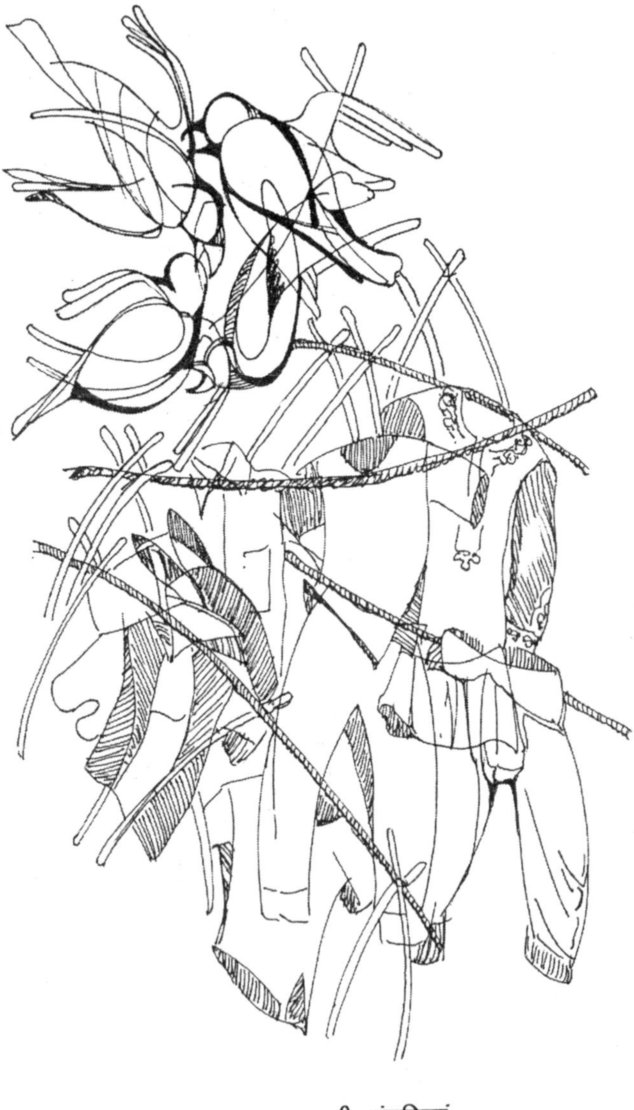

मूल्यांकन

गधे को गधा कहकर
क्यों अपनी गरिमा का
उपहास उड़ाते हो
तुम्हे मालूम है
वे आपस केवल
अपना ही राग अलापते हैं
और एक ही खाद्य का सेवन करते हैं
उनके चेहरों में भिन्नता को कोई
स्थान नहीं है
और तुम लोग
कभी अपना राग अलापते हो
तो कभी उलूक राग अलापकर
जोकरों सा मुखौटा बदलते रहते हो
वह तो केवल
धोबी की गठरियों को ढोता–ढोता
नाले के किनारे पर खडा खडा
खुशी से कभी–कभी
चीपों चीपों कर बैठता है

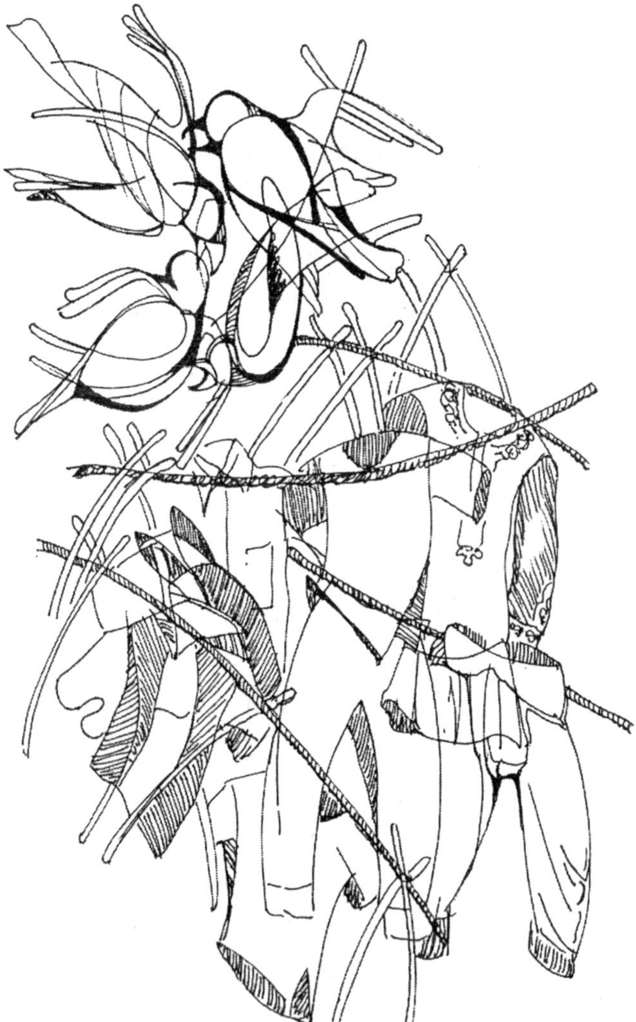

और तुम लोग
कभी इस शाख पर
कभी उस शाख पर
बैठ बैठकर उचक उचकर कर
अपनी ही जाति को काटते हो
और ऊपर से रातों को
दांत किटकिटाकर
खिसियाते हो
अपने आप को
बुद्धिजीवी बताकर
उन्हें जानवर बताते हो
जुबानी तौर पर लगता है
वे निष्क्रिय जानवर है
तो तुम लोग
सक्रिय जानवर हो।

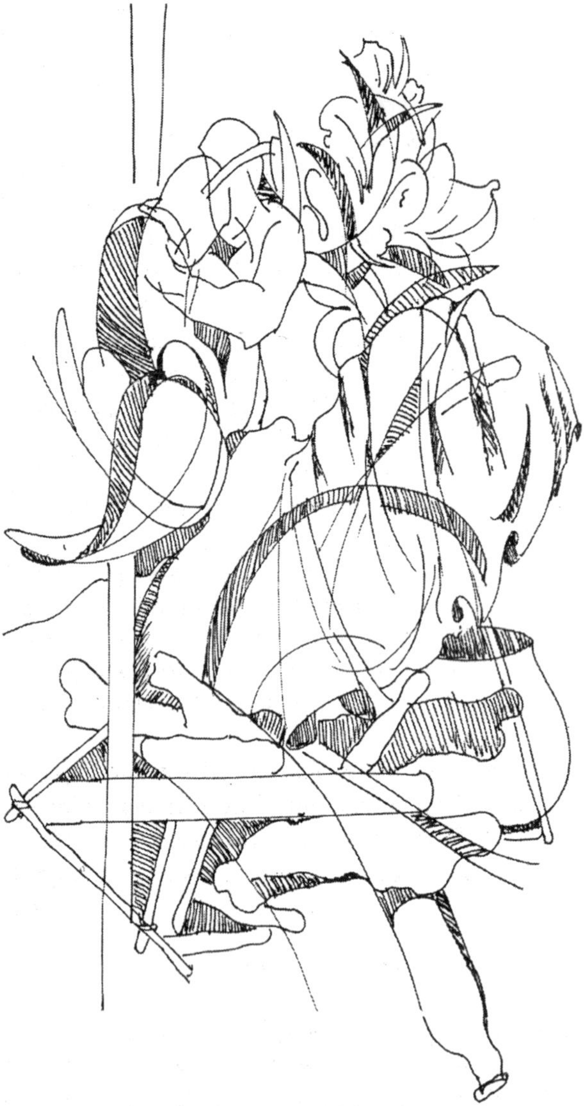

देह

अत्याधिक फूलों
और
भारी इत्र के
छिड़काव के बावजूद
मृत देह से
पसीने की बू का आना
जारी था
एक श्रमिक की देह
जो थी वह

वह

छोटी सी चट्टान पर
बैठा बैठा
वह पानी में कितने
छोटे–बड़े
कंकर फेंक चुका है
क्रमशः कितनी भंवरें
बनकर और उलझ जाती हैं
और फिर आप ही
सुलझकर समतल हो जाती हैं
वह सहसा खीझकर
शाम के लिए रखी
अधजली बीड़ी को
कान से निकालकर
वहशीपन से
लंबे–लंबे कश लेने लगता है
धुएं के अनगिनत बवंडरों को
वह छल्लों का रूप
देना चाहता है

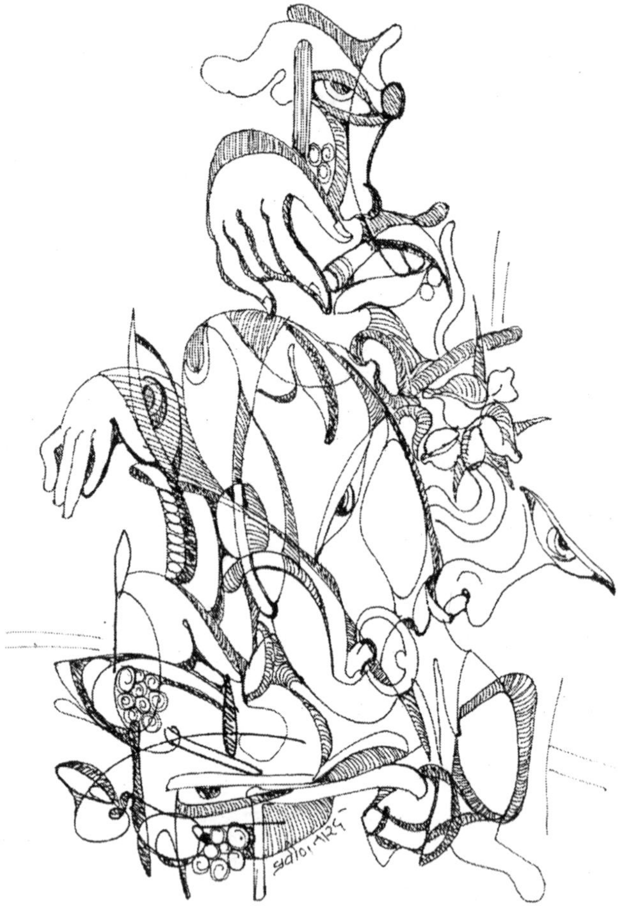

इसी तारतम्य में
लगता है
वे छल्ले उसकी कलाई को
कसने लगते हैं
वह कलाई को झटकने के
प्रयास में
खांसने लगता है
खांसते–खांसते उसे
बेटी का ख्याल आ जाता है
बिन ब्याही
अब धुंए के बवंडर गहरे
हो चले हैं
वह छल्ले निकालने का
प्रयास अब नहीं कर रहा है
शायद
पत्नी की फटी
साड़ी दिखाई देने लगी है
वह भी वही
सुहाग सेज वाली सुर्ख लाल
जो अभी भी
चालीस वर्षों से साथ देती–देती
तार–तार हो चली है
उसकी जिंदगी सी
लगती है
बस अब इस साल और चल पायेगी

अचानक
वह आसपास के
केवल बड़े बड़े पत्थरों को
उठाकर पानी में फेंकने लगा है
और पानी में
अब,
भंवरे नहीं
छोटी–बड़ी लहरें
उठती सी लगने लगी हैं
और उसके चेहरे पर एक
अजीब मुस्कान थिरक रही है।

जिंदगी

जिंदगी भी एक सड़क है
जो चलते–चलते
अचानक चौराहे पर
मुड़कर खड़ी हो जाती है
किस मोड़ से मुड़ें समझ नहीं आता
जाना तो है भवनों वाली
चौड़ी–सपाट सड़कों पर
पर समय की ठोकर
पीछे ढकेल
गलियों में फंसा देती है
वह भी ऐसी गलियां
जो ऊपर से बंद आगे की ओर
एक दिन एक रिक्शा आकर
खुली सड़क के पहिले छोड़ जाता है
आगे मोड़ दिख जरूर रहे हैं
पर बढ़ने की हिम्मत जबाव दे चुकी है
आखिर में हिम्मत कर घिसटते–घिसटते
चौराहे के खंभे तक पहुंचती है

उस खाकी ड्रेस वाले की चाल देख
सफेद खादी वालों की बात देख
वहीं ठहराव आ जाता है
फिर सोचती है आगे बढ़ूँ
पर यह क्या पैरों को
लकवा मार गया क्या?

सोचती है

फिर कोई रिक्शा आये शायद
पर अपंगता को देखकर
हर रिक्शा
सड़क से सीधा ही गुजर जाता है
आखिर एक दिन
आशाओं के पुलिंदे को
अपंगता की गठरी में बांधकर
सड़क के एक किनारे पर
अपनी सड़ी छिछली देह
छोड़ जाती हैं
अब जरूर
रिक्शे रूकेंगे!
कारें रूकेंगी!!
लोग एकत्रित होंगे
कुछ खोखली संवेदनायें
व्यक्त करेंगे
कुछ चंद सिक्के भी
हवा में उछालने का

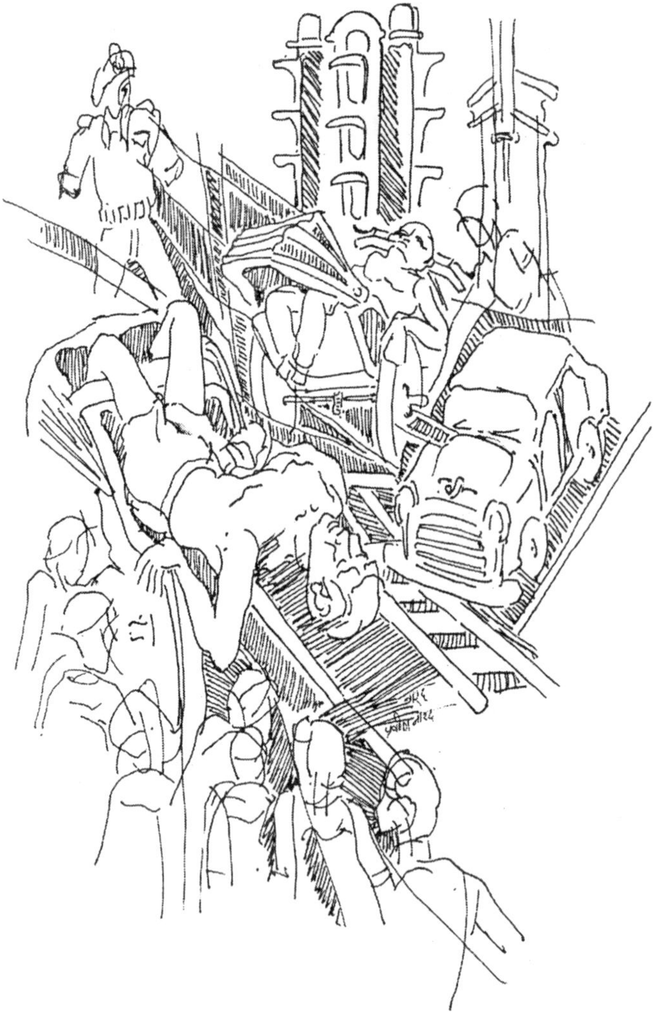

प्रयास करेंगे
भीड़ को देखकर
सड़क में ठहराव आयेगा
तब फिर
सीटियों की गूंज से
भीड़ तितर–बितर होगी
कुछ देह कुचलेंगे
कुछ इसी समय की ताक में
बैठे
चंद हवा में उछाले गये सिक्के
बटोरने के लिए
आशाओं के पुलिंदे
और अपंगता की गठरी को
पाने की उधेड़बुन में
लाठी–चार्ज करवायेंगे
तब लोग कहेंगे
यह वही जगह है
जहां एक अपंग जिंदगी
मरा था
जिसको देखती भीड़ पर
पुलिस को
लाठी–चार्ज करना पड़ा था।

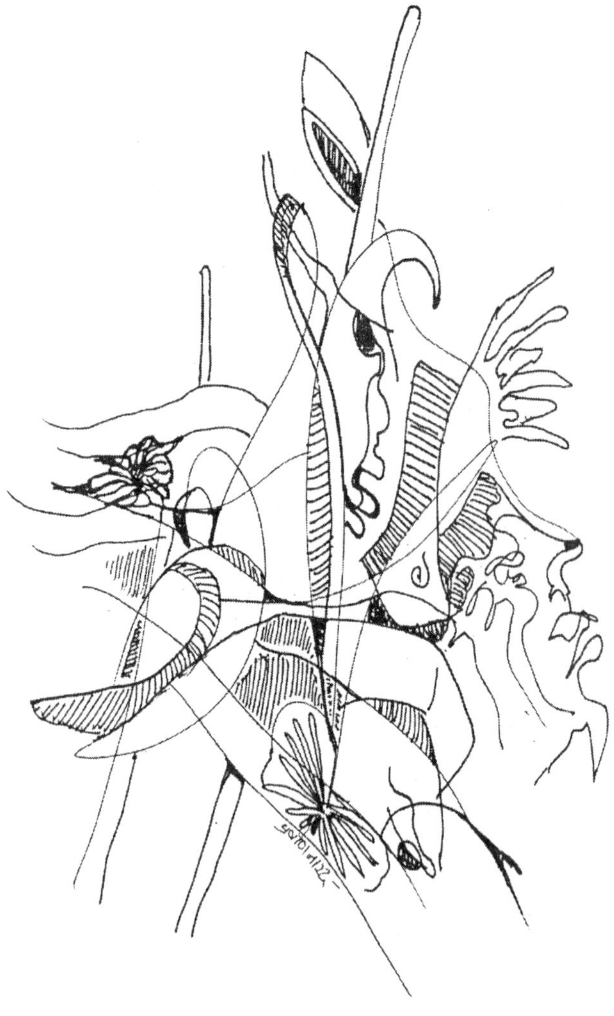

स्वतंत्रता

जहां स्व की
भावना हो
परंतु तंत्र का
अभाव

धूप का सफर

कैसे बतलायें
कैसे समझायें
धूप का सफर कभी खौफ नहीं होता
धूप का सफर कभी सौत नहीं होता
धूप का सफर कभी मौत नहीं होता
विटामिनों की सुलझी पहेली है धूप
पूरी सृष्टि में फैली अकेली है धूप
फूलते–फलते स्त्रोंतों का रूप है धूप
निरंतर होना वाला सबेरा है धूप
धूप
जीवन का एक शाश्वत सत्य है
जिसका सफर शुरू होता है
राष्ट्र के चरण वंदन से
प्रारंभ करती है अपनी यात्रा को
कन्याकुमारी से
अनंत कटु अनुभवों के साथ
क्षेत्रीय सौंधापन लिये
धूप का लंबा सफर

भारतीय संस्कृति के
विराट व्यक्तित्व का सेहरा बांधे
मंदाकिनी गंगा यमुना और
नर्मदा के कछारों से
मस्त छेड़छाड़ के साथ
व्याकुल होता है छूने को
हिम खंडों के विशालकाय
प्रतिमा में आतुर होता है
हिमखंडों की
विशालकाय प्रतिमा
हाथ फैलाये
आव्हान करती है
शांति और सद्भाव की
समर्पित राष्ट्रों को
विविध वेशभूषाओं और संस्कृति को
विविधताओं के बावजूद भी
सभी जगह की धूप सौंधी होती है
कन्याकुमारी के छोर की धूप मीठी है
हिमालय के ओट की धूप भी मीठी है
धूप का सफर
निःस्वार्थ है
निरंतर है
गतिशील है
इसीलिए धूप मीठी लगती है।

वृक्षारोपण

ताजे बीजों
और नन्हें पौधों को
सुखाने हेतु किया गया
आरोपण
आज का वृक्षारोपण

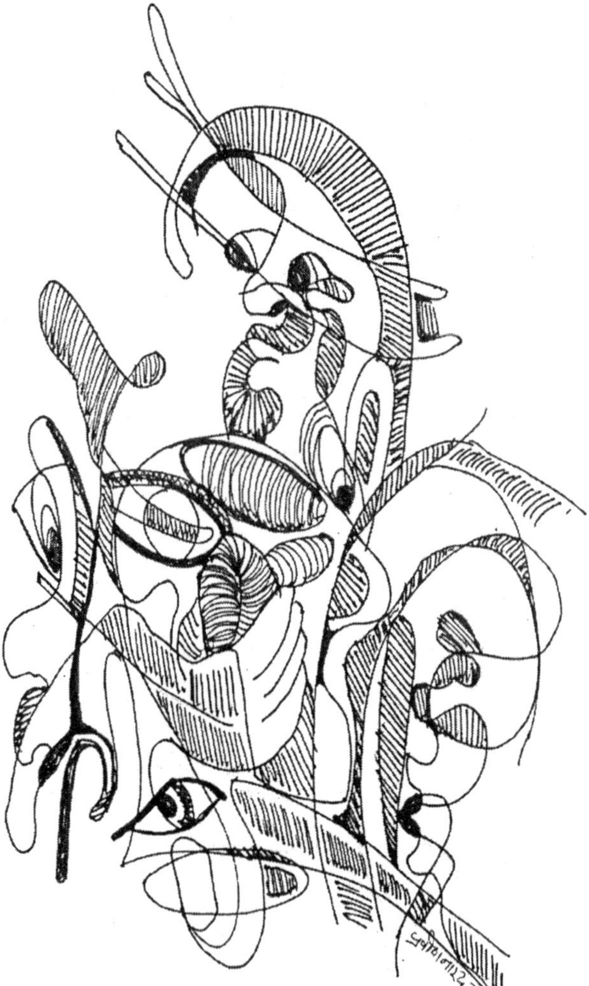

सरकारी वक्तव्य

ऐसा वक्तव्य
जिसे समझने के लिए
कई जारी किये जायें
फिर भी
एक भी
समझ न आए

किश्ती का आत्मविश्वास

पृथ्वी और आकाश
बीच का घना अंतर
इंसान के जज्बाती
रिश्तों का मंजन
समुंदर की अस्थायी
लहरों सा
डोलता इंसानी मन
अनगिनत भंवर और लहरें बनाकर
तत्पर रहता है
डुबोने
किसी नन्हीं किश्ती को
परंतु जब नन्हीं किश्ती
अपने आत्मविश्वास
और संयम से
डगमगाते–डगमगाते
संभल जाती है
तब उसका संभलना
एक तमाचा होता है

एक व्यंग्य होता
इंसानी ख्यालों घर
इंसानी शैतानों पर

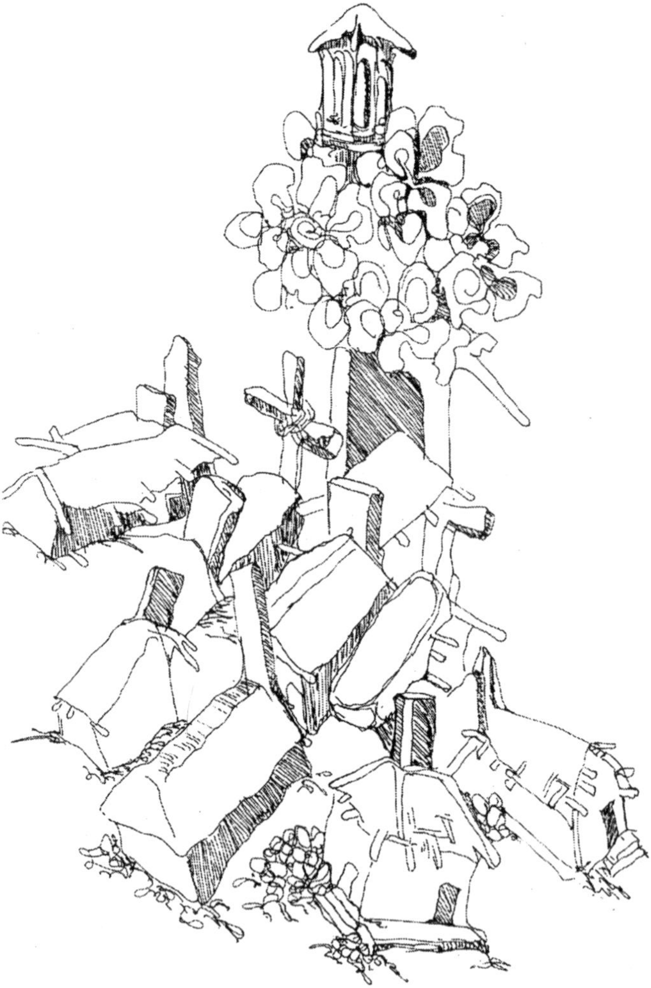

गीत

संचित मन की अभिलाषाऐं
कुछ लिखने को आतुर हैं
पल–पल में कुछ बुनती हैं
और अगले पल भष्मासुर हैं
पंक्ति–पंक्ति में दर्द उभरता
ऐसा संचय मेरा होता
प्रीत–मीत को खोज रहा हो
मीत कहीं पे रूठा होता
गांव–गांव की पगडंडी में
कमर बलखाती गोरी चलती
ध्यान नहीं होता उसे कुछ भी
पगडंडी की ही आंखे डसती
सूखे बादल से मन घबड़ाये
खड़ी फसल का अब क्या होगा
सूदखोर की बातें बिन समझे
बिटिया को हिचकी खाते सोना होगा
पांच साल के नये बसंत में
सफेद टोपी की जोड़ी बनेगी
सपनों की इस फेहरिस्त में
खून–पसीने की कब सेज सजेगी ?

खून का रिश्ता

आदमी का
धर्म है खून
खून
जिसका रंग होता है
लाल
सुर्ख लाल
आदमी
चाहे वह
आपरेशन से जन्मा हो या
सामान्य रूप से
एक तरह के
सुर्ख लाल खून
होने के बावजूद
फिर भी चल रही है
मारकाट
लूटपाट
और शोषण
कमजोर आदमी का

उसी खून के लिए
जो मेरे पास है
और मारने वाले के पास भी
सुर्ख लाल रंग की
जरूरत है
अब धर्म की बजाय
एक रंग के
खून के रिश्ते की

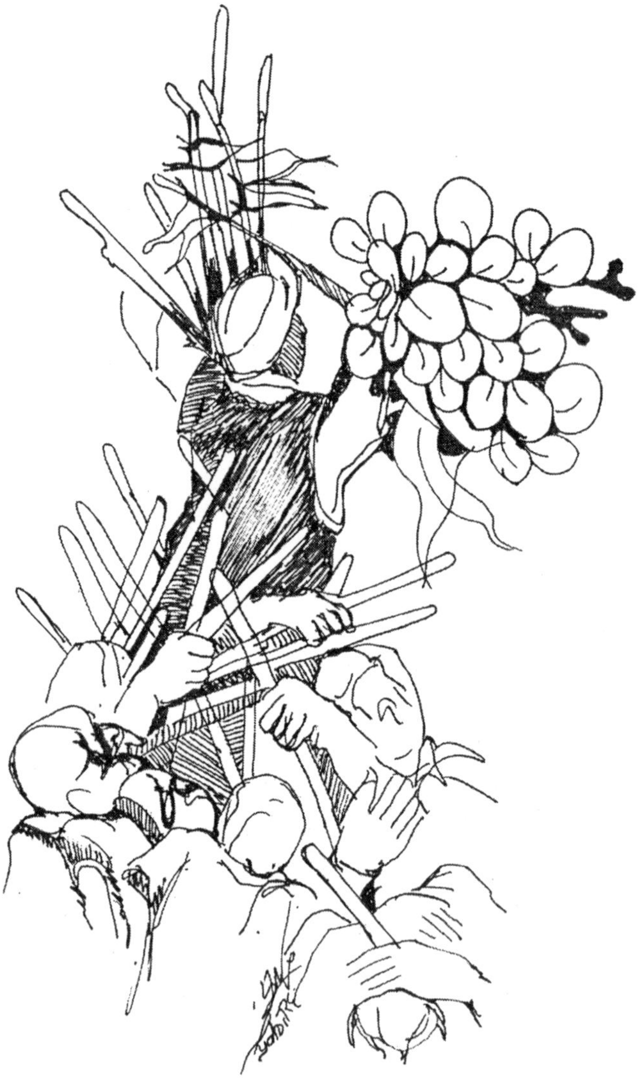

ठूंठ सा

ठूंठ से
खड़े रहना भी
लड़ने के बराबर है
मकसद होता है कुछ
ठूंठ से
खड़े रहने का
जो लड़ते रहने के
बराबर है
परवाह किये बिना
शेष और अवशेष का
शेष और अवशेष ही
यदि हार है
तब भी
हार का मतलब है कि
कोशिश की गयी है
पूरी तरह से लड़ने की
लगातार हारकर भी
लड़ते रहना ही
दूसरा रूप है
जीत का

बच्चों के घरोंदे

बस से उतार उतार कर
छांट–छांट कर मारना
रेलगाडियें को
बमों से उड़ाना
चलती जिंदगी में
पत्थर फेंक कर
एक सरसराहट
उत्पन्न कर बिखराव लाना
अब बच्चों के
घरोंदे बनाने सा
खेल समझने लगे हैं
कुछ चंद मुटठी भर लोग
उन्हें मालूम होना चाहिए
बच्चों के घरोंदों का खेल
कितना निश्चल होता है
कितना निस्वार्थ होता है
उन घरौंदों में
सजती गुड़डी

रचाती है ब्याह गुड्डे से
घरौंदों को रोंदने की बजाय
गुड्डे–गुड्डी से
प्रेरणा लेते
कुछ बनाने की
कुछ बसाने की
घरौंदों का खेल
खेल है अब
राजनीति का अखाड़ा
अखाड़ा जहां होता है
चने के पेड़ पर चढ़ाने वाला
चने का पेड़
कमजोर होता है
मालूम होता है
चढने वाले को
फिर भी चढ़ जाते हैं
चंद मुट्ठी भर लोग
देखकर भी कच्ची मिट्टी के
गोबर लिपे
घरौंदों को नजर अंदाज करते हैं
घरौंदों की भावना को
समझते हैं
बच्चों का खेल
गुल्ली–डंडा सा
मारा बस गुल्ली में डंडा

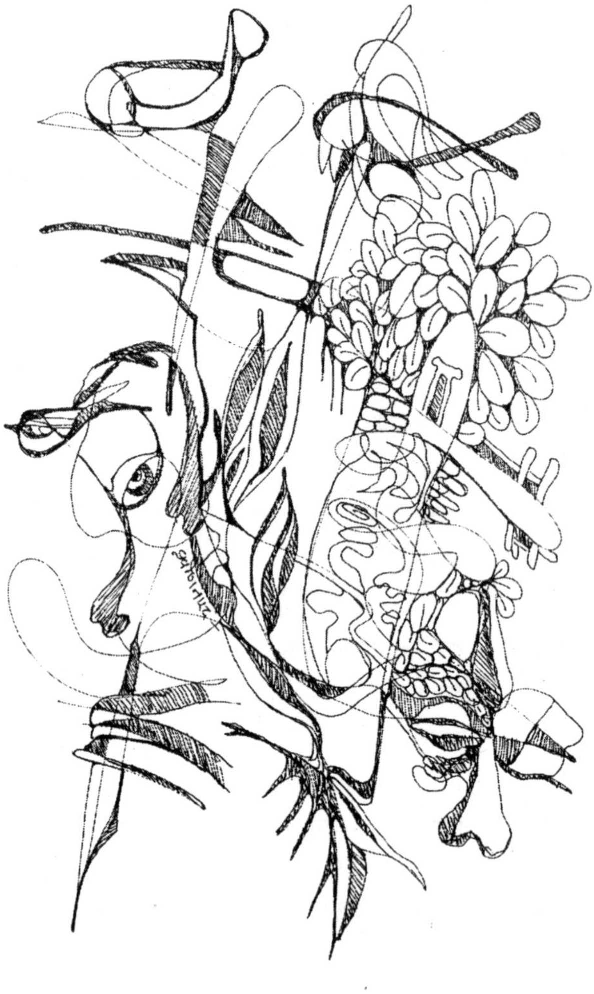

तोड़ रहे हैं
रोजाना कितने घरौंदे
जो बनाये थे
राम ने
रहीम ने
नानक ने
और ईशु ने
घरौंदों को तोड़ने का
खेल समाप्त होना चाहिए
नहीं तो
रोजाना
राम का
रहीम का
नानक का
और ईशु का
घरौंदा इसी तरह ढहता रहेगा
काश!
इन चंद मुट्ठी भर
लोगों में होता
कोई एक भी
राम
रहीम
नानक
या ईशु

बाईसवी सदी

अनौपचारिक दौरे
गैरराजनीतिक पदयात्रायें
भव्य स्वागत
दोनों हाथों से गांव/शहर द्वारा
नमन
और हुवा–हुवा वाला बनावटीपन
झोंपडियों झुग्गियों से झांकता
21वीं सदी का अधूरा भविष्य
फटे कपड़े उजड़ा घर
रिसता छप्पड़
दौरों के दो दिन पूर्व ही
की गयी लीपा पोती
दिखती है अलग–थलग
ख्याल खेमे का है
पर खेमे का भविष्य
जी हां भविष्य तो
बन ही जाऐगा
22वीं सदी में न सही

23वीं सदी में ही सही
परंतु इन
अनौपचारिक दौरों का
गैर राजनीतिक यात्राओं का
अंदाजे बयां कुछ और हैं
उस गांव/शहर में
वातावरण बिगाड़ने का काम
कुछ असंतुष्ट लोग कर रहे हैं
जिनका भविष्य
22वीं सदी और
23वीं सदी के बीच का है।

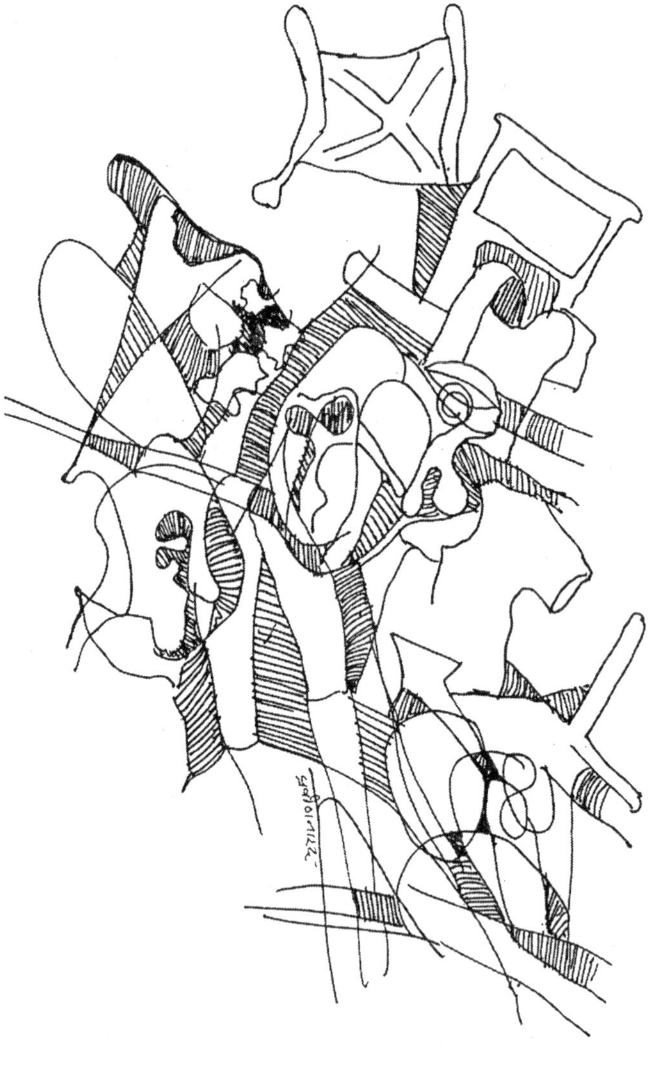

आम आदमी

आम आदमी की बात
सेमिनारों/गोष्ठियों में
होना आम बात है
आम आदमी के लिए जन्मती है
करोड़ों की योजनाऐं
और उन योजनाओं को
खाती है
कुछ लाखों योजनाऐं
आम आदमी की
पीठ और पेट का
कम होता अंतर कोसता है
अपनी बात के समर्थन में
कि आम आदमी का
उपयोग अब
आम रास्ते की तरह किया जा रहा है
बावजूद लगे हुए बोर्ड के, कि
यह आम रास्ता नहीं है
फिर भी

कितनी मोटर–गाड़ियां
गुजर जाती हैं
आम आदमी पर से
आम रास्ता समझकर
हालांकि गुजरना
मोटर–गाडियों का
उनके लिए आम बात है
और मोटर–गाडियों का
उनके लिए आम बात है
और मोटर गाडियों को
गुजरते रहते देना
आम आदमी के
जूझने का प्रतीक है
जूझने का मतलब है
लंबे समय तक
पीढ़ी दर पीढ़ी
चलने वाली वेदनायें
भवनों की खिड़कियों से
ऊपर की ओर झांकती
निरीह आंखों पर पटकी गयी
जो शून्य को ही
आधार मानकर ताक रही थीं
शून्य के आगोश में
प्रश्न अनुत्तरित? पुतला है
आम आदमी

हाड़–मांस का
जो किसी भी
डंडे के सहारे
खड़ा रह सकता है
बस बाकी है
भरना है उसमें एक चेतना
जो जेहाद छेड़े
बिगुल बजाये
बिना आम आदमी के
रहनुमाओं के खिलाफ
शंखनाद नहीं करेगा कोई।

मदारी और उसके बच्चे का पेट

मदारी
और उसके बच्चे का खेल
कामरेडों की तरह
जिंदगी जीने का
एक उदाहरण है
लंबी रस्सी
मोटी और गुथी हुई
दोनों छोर
बंधे हुए दो खंभों से
एक खंभा मौत का
दूसरा है पेट का
फिर मोटी और
गुथी हुई रस्सी पर
शरीर बैलेंस कर
चलता हुआ मदारी
पेट और मौत
दोनों खंभों का धरातल
एक ही है

परंतु उंचाई अलग–अलग
फिर भी
पेट ने सदैव जीतकर
मौत से हाथ मिलाया है
पेट के पास है
अनवरत चलते प्रश्न
भूख प्यास और संतुष्टि
मौत ईर्षालु है
पेट को समाप्त जरूर कर देती है
परंतु अप्रत्यक्ष रूप से
पेट का ही
वर्चस्व होता है
वह याद रखता है
रस्सी के सहारे को
पेट चाहे
मानिक सेठ की तरह उठा हो
अथवा शब्दों के चापलूस
किसी बदहजमी के कारण
फूला हुआ पेट
कोई भी पेट
मदारी के पेट की
बराबरी नहीं कर सकता
मदारी जो
अपना खून इकट्ठा कर
उसकी रफतार रोककर

मौत को रोजाना चिढ़ाता है
फिर मौत की चिढ़चिढ़ाहट में ही
अपने पेट के लिए
रोटियां सेकता है
मदारी का बच्चा
जो अब उसकी सहपाठी है
हम उम्रों सी बातें करता है
वह भी पारंगत हो गया है
मौत को चिढ़ाने में
वह लोहे के छल्ले में से
निकलने के प्रयास में
जब पेट पिचकाता है
तब लगता है
पेट और पीठ
एक ही सिक्के के
दो पहलू हैं
पहला पेट
मदारी और
उसके बच्चे सहपाठी का है
दूसरा है
मानिक सेठ की तरह उठा हुआ
शब्दों के चापलूस की तरह
फूला हुआ
पर मदारी और उसके बच्चे के
पेट के सामने

सहनशीलता में
सारे के सारे
दूसरे नंबर के पेट
कमजोर पड़ जाते हैं
और तब लगता है
मदारी के बच्चे के पेट में
अब और आगे भी
संघर्ष करने की
क्षमता है
जो मौत के खंभे के उपर भी
बिना किसी सहारे के
खड़ा रह सकता है।

रामधुन

गांव की गंध
ख़िल रहे फूल हैं
अधखिले जीवन को
भेद रहे शूल हैं
चौपालों में अब
होती रामधुन है
मंदिरों की मूर्तियां
खड़ी गुम सुम हैं
बादलों की चाल पे
रोते अब किसान हैं
सरकारी ऋणों के
बन रहे मकान हैं
कोठियों में रह रहे
कहने को महान् हैं
झोपडियों को बना रहे
नया कब्रिस्तान हैं
हाथ जोड खड़े हैं
नेता जो जवान है
देश–प्रेम की आड़ में
काट रहे कान हैं

दोहे

सांझ का सूरज डूबते किरणें हो गयी कैद
चोर–डकैत हैं बन गये अब जनता के वैद्य
गांव गांव का डस रहा जाति–पांति का नाग
हल कैसे बच पायेगा सपेरे हो गये साथ
रक्षक ही भक्षक बने कौन करे प्रतिकार
मेले की किलकारियां मेले का शिकार
हल जोते देखे गगन बरसे जल आकाश
किसानों का हो रहा कागज पे विकास
हवायें भी रच रहीं नित नये षडयंत्र
सांस अब दूभर हुई लागी जादू–टोना मंत्र
चौपालों को खा गयी राजनीति की चाह
कौन बिका और भूखा है किसको है परवाह
हवेलियों से आ रही घुंघरू की आवाज
देख सको तो देख लो है झोपड़ी का साज
सांप–छछूंदर गा रहे अपना अपना राग
हो रहा है होयेगा कुछ भी लिखिये आप

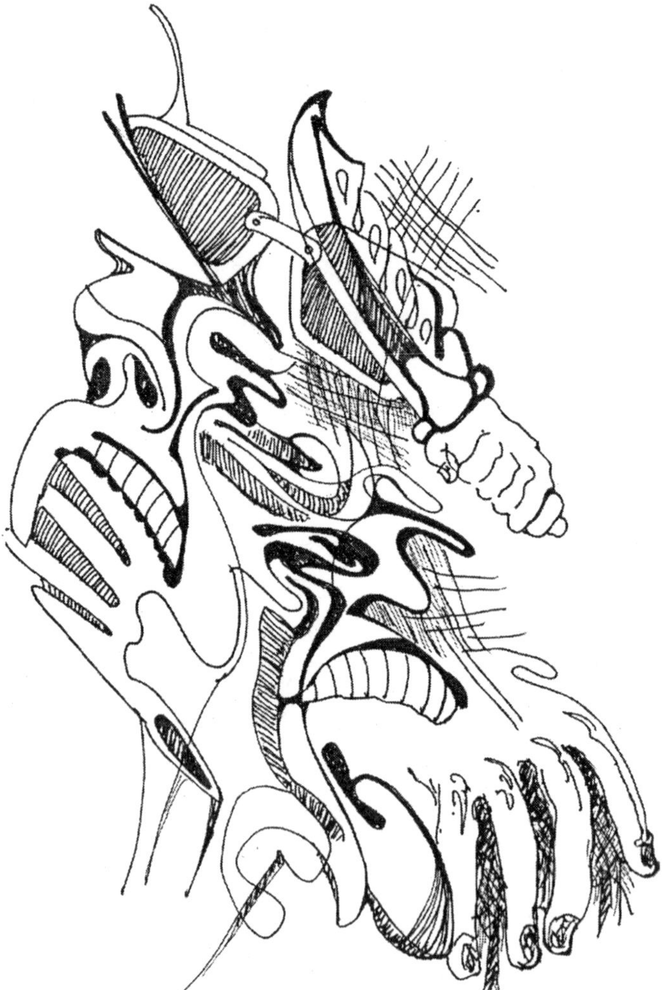

दहशत

धूप ने
छांव ने छुआ
गोरी के पैरों को
देखा शरीर की
एक–एक लचक को
सपने सहेजे
झूलों ने
फूलों ने
मेलों ने
सब कुछ पी गयी
एक दहशत
इकलौती दो आंखें की

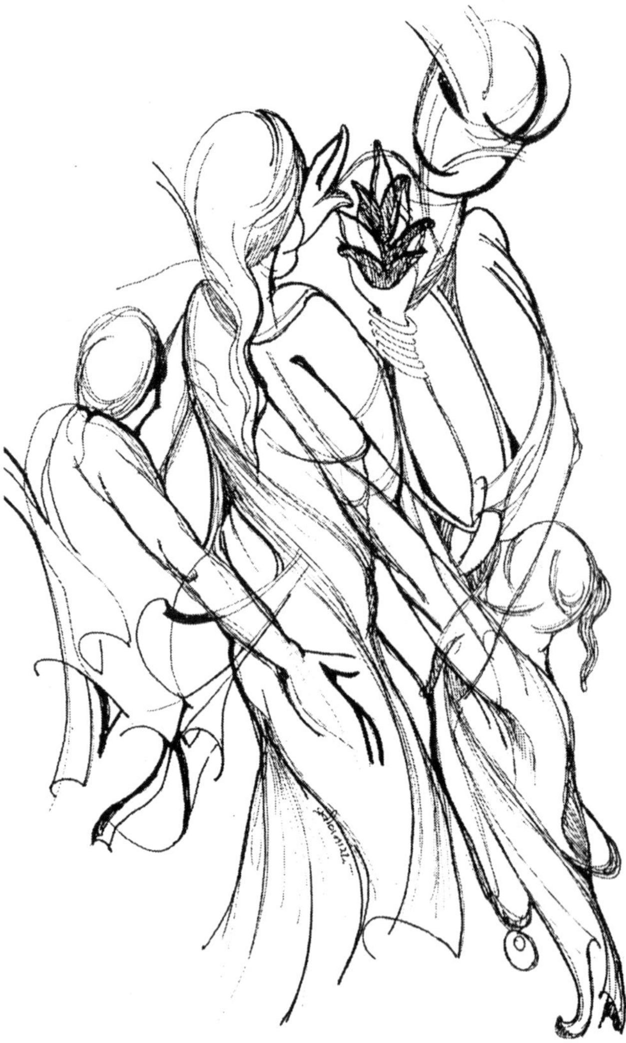

सहयोगी

गंध और गलियारे
सूंघते–सूंघते
पहुंचे
झोपड़ों तक
सौंधी मिट्‌टी
अधखिला सौंदर्य
फूटती खिलखिलाहट
कोई लुटेरा नहीं है
मजबूरी और लाचारी
सहयोगी है लुटेरों की

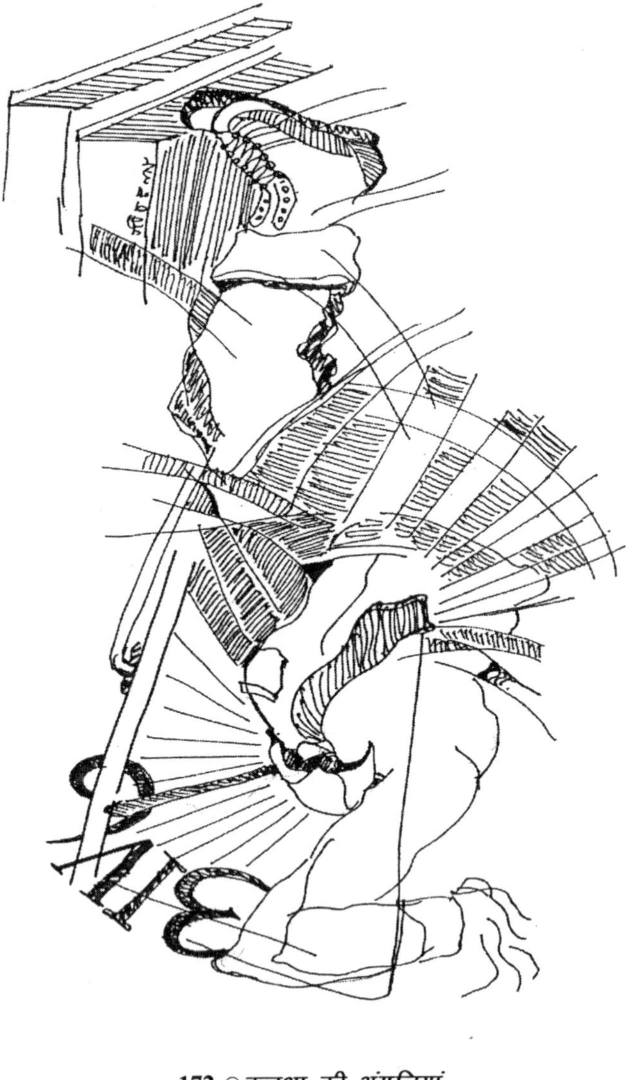

मौत

देहरी
द्वार
आंगन
पलक बिछाये बैठे हैं
उसनींदे सपने
किलकारी भरते शब्द
भीगती जवानी
सब कुछ शांत हो जाता है
मौत के सामने

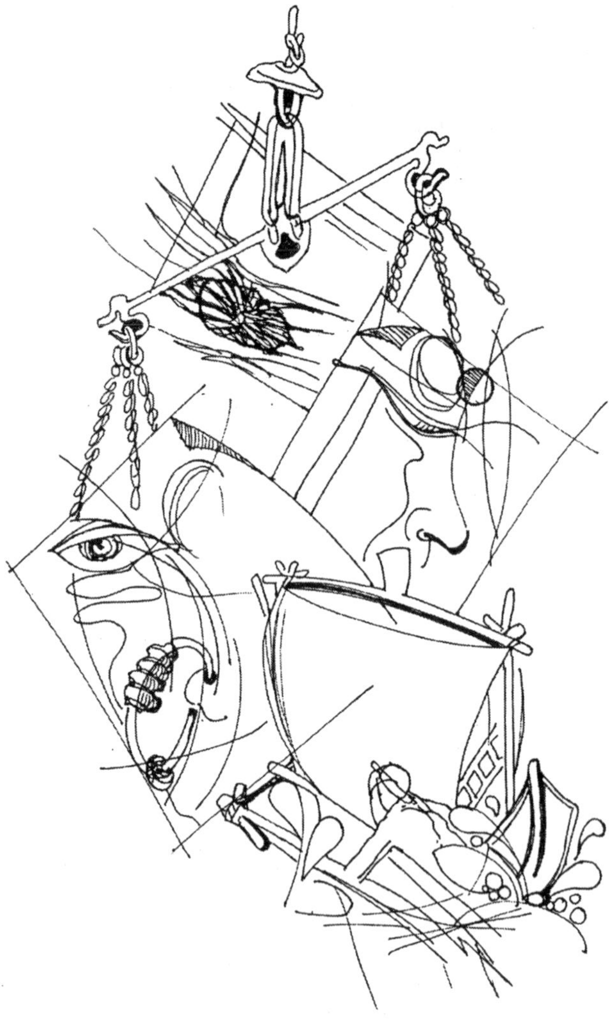

चार मुक्तक

परतंत्री तंत्र से मुक्त हुआ
जनतंत्र हमारा स्वतंत्र हुआ
आया तूफां किश्ती डूबी
क्या तंत्र हमारा स्वतंत्र हुआ
क्रंदन करती रोती भारत माई
खून का प्यासा भाई–भाई
कंपन करना देश का आंचल
मां–बहिन भी है आज परायी
लूटो–पाटो धूम मचाओ
मां का अपना गला दबाओ
ईमान तुला पर बिक गया
क्या यही उद्देश्य हो गया
इंसा आज डोल रहा है
पीत वर्ण मुख बोल रहा है
जिसकी लाठी उसकी भैंस
स्वतंत्रता को तोल रहा है

अपना आदमी

रोज आकर
आधे घंटे तक लगातार
गालियां देना
उसका नित्य कर्म था
नियमित रूप से
कभी व्यवस्था के
खिलाफ बोलता था
फिर पुलिस के
तो कभी अपने सहकर्मियों को ही
अनाप–सनाप बोलने लगता था
कभी अपने बीबी–बच्चों को
बेवजह पीटने लगता था
कभी कभी कपड़े फाड़ने लगता था
फिर अचानक
बच्चों की तरह
फूटकर–फूटकर
रोने लगता था
पूरी छानबीन के बाद

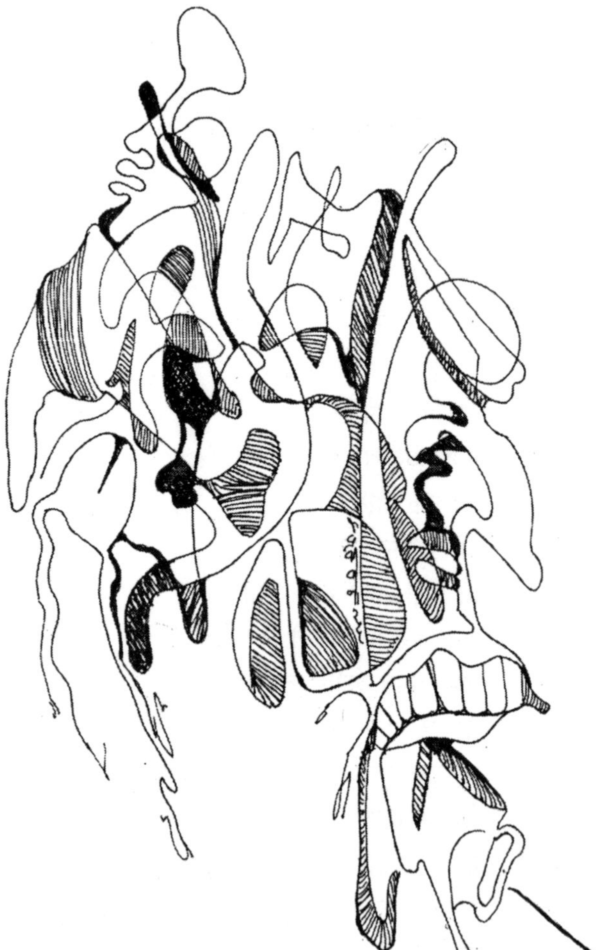

पता चला कि
वह अपने ही तरह के
कुछ आदमियों का सताया हुआ
आदमी था।

बोझ

सांसों का बोझ
देहरी के इस पार
देहरी के उस पार
लंबी जिंदगी
ढोयेगी लड़की
दहेज दानव से लड़ते लड़ते
देहरी के इस पार
देहरी के उस पार
फांसी का फंदा
अधजली तीलियां
और बर्स्ट हुआ स्टोव
देहरी के इस पास
देहरी के उस पार

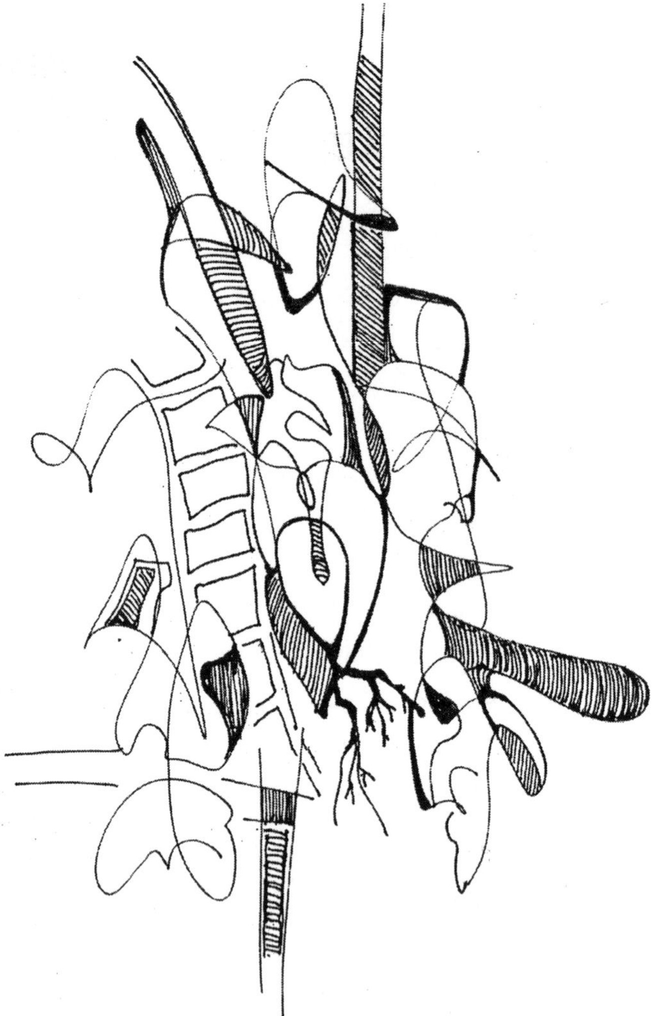

तैयारी

लंबी पगडंडियां
दांये–बांये टेसू के फूल
आम की अमराई छांव
दूर तक फैली तन्हाई
हवाओं का मीठा शोर
कौन देखता है इसे
तैयार करना है
अपने मन को
चुपचाप ही सही
तैयार तो करो
परिवर्तन की
शुरूआत के योद्धा बनो

शांति

पक्षियों का अनबूझा
कलरव
रंभाते जानवरों की
गुप–चुप पानी पीने की गड़गड़ाहट
खेतों में बीज बोने की
लंबी हांक
कितना कुछ है
इस सृष्टि में
एक बीज का जीवन ही है
चारों ओर फैली रहे
शांति

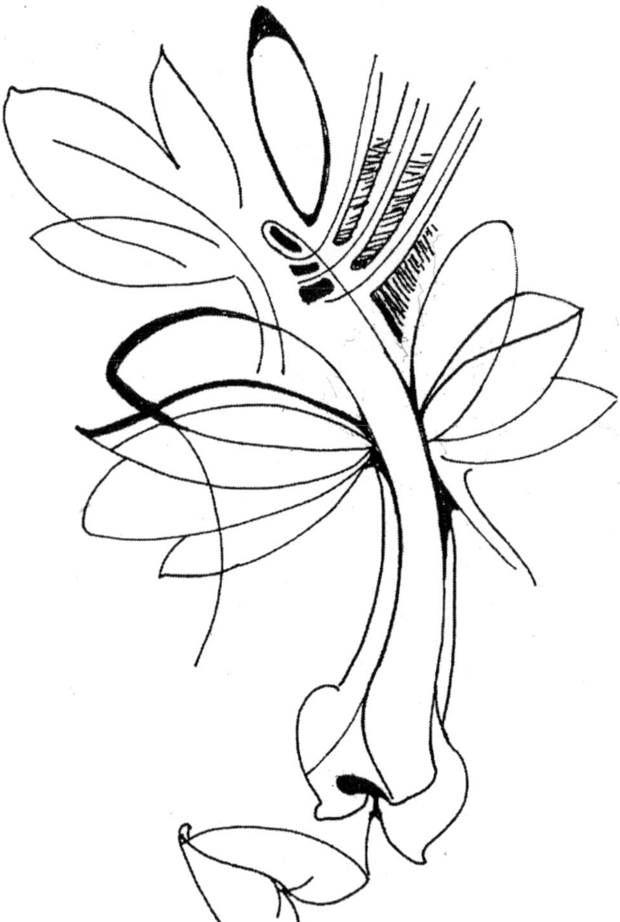

फूल

फूल कोमल होते हैं
फूल सुगंधित होते हैं
फूल समर्पण का
माध्यम हैं
काश! हम फूल होते

दर्द

दर्द पीना भी दर्द है
हजारों लोग पी रहे हैं
दर्द का प्याला
कोई भुखमरी का
कोई रूह का
कोई विश्वास का
कोई आस्था का
लगता है दर्द पीने के पीछे भी
कोई दर्द है

क्रियान्वयन

झोपड़ियां गिराओ
योजनाऐं बनाओ
गीत–प्रगति के गाओ
पर पहिले
झोपड़ियों को हटाने से पहले
इन्हें बसाने की
योजना तो बनाओ

ललक

धूल में पलते
फूल
कितने नन्हे हैं
कितने निश्छल हैं
उन्हें नहीं मालूम
सारे के सारे
हाथ जो आते हैं
तोड़ते हैं
उन्हें
और प्रदर्शित करते हैं
अपनी भावना
समर्पण की
पर फूल हैं कि
फिर भी
ललक कर
दौडते हैं
तोड़ने वाले हाथों की ओर
टूटकर गिरने के पहिले

हाथ में आने के लिए
वह अलग बात है कि
कौन शीश पर धराता है
और कौन शैया पर

ललकार

मेरा पुरूषत्व
ललकारता है
कहता है
तोड़ दो
इन हवाओं का बंधन
सांस लो
अब खुली हवा में
पर मेरी मां
आदी हो चुकी है
घुटन में सांस लेने की
वह नहीं चाहती
मेरा
खुली हवा में सांस लेना
क्योंकि मेरे पुरूषत्व की तरह
ललकारता है
उसका ममत्व भी
आंचल के आगोश में
लपेटे रहना

क्रम

कटे–फटे फट्टों से
झांकती झुर्रियों को
लटकाने दौड़ती है
वहशी सूलियां रातों को
सूलियों पर लटकती
ये लाशें
अपनी निर्दोषता पर
चुप्पी साधे रह जाती है
इनका सूलियों पर
लटकना जारी रहेगा
जब तक इनको
कोई दूसरा
ईसा न मिलेगा

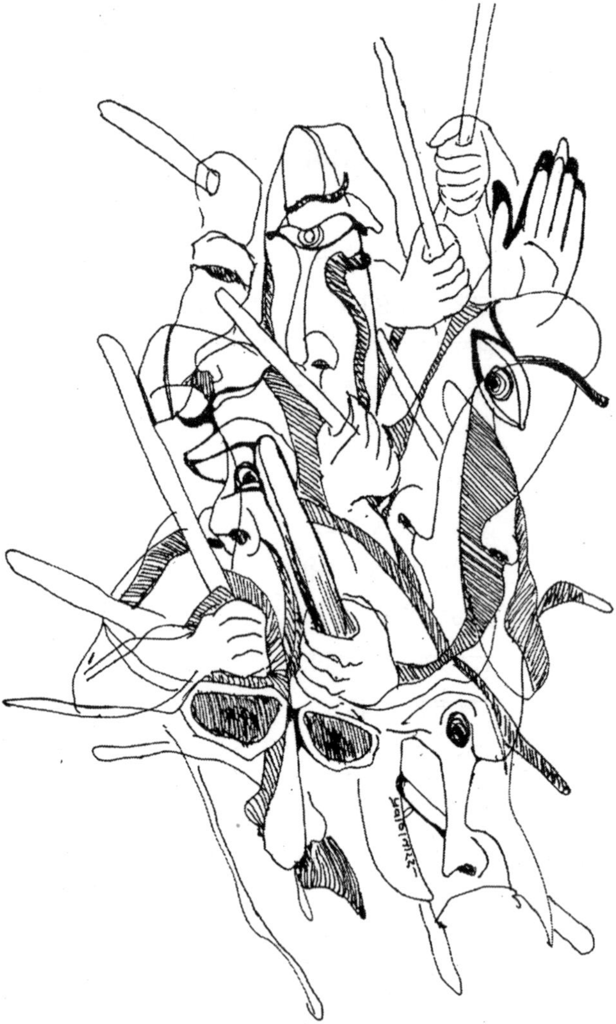

जागृति

गंगा के तट
गोरी के घट
गांवों के पनघट
सारे के सारे स्वप्न से लगते हैं
रात में मां के द्वारा
लोरी सुनाने पर
अपनी जागृत अवस्था में
देखे हैं मैंने
छिछले वस्त्र
मानवीय विध्वंशक शस्त्र
और
अपने ही आप से
पीड़ित लोग

प्रासंगिक

गांव के कच्चे घरों की
छतों पे
खनकती
कच्चे कांच की
चूड़ियों का
टूटना/या तोड़ना
या फिर शहर के
भारी चबूतरों पर
खड़े हर
लायसेंसधारी बंदूकों से
गोलियों का
छूटना/छोड़ना
केवल प्रासंगिक संदर्भ ही हो सकता है
और दोस्त गांव के
छोर पे बसे
उजड़े शमशान से
रातों को
सिसकियों का निकलना

जिंदा कब्र से
प्रगतिवादिता की तस्वीर न होकर
(गांव के लिए)
शहर के लिए
शहर की व्यवस्था का
कारण/प्रसारण
या
उलझना/सुलझना हो सकती है।

अनुपम बाला सी

नयनाभिराम नीड़ किनारों सी
शीत पावन के झोंकों की बाड़ी सी
रूप–यौवन की मारी सी
है पलक छटा तेरी अनोखी सी
श्रृंगारित कलियां रचती सी
मदमाते आंचल से लड़ती सी
लगता है हर झोंके से
तेरी देह से खुश्बू झरती सी
रिश्तों की मणिमय मालासी
लगती है अनुपम बाला सी
खुले खुले से हैं ये बंधन
श्वांस लगे ज्यों हाला सी

मिट्टी की खुशबू

घर की देहरी भाती मुझको
नींद वहीं पे आती है
कल कल करता झरना मेरा
नदियां नहीं सुहाती हैं
वातायन से बातें करता
झरना मेरा होता है
लुका–छिपी के दुर्वासा से
नहीं सामना होता है
निर्द्वंद हंसी के फब्बारों से
रूप खुशी का खिलता है
हर अभावों के बावजूद भी
फूल घर आंगन में खिलता है
मिट्टी की सौंधी खुश्बू आते ही
सिहरन सी मच जाती है
सावन में बैठी नव यौवना को
ज्यों याद किसी की आती है
आदि अंत का भान न होता
सब क्षण भंगुर सा लगता है
कल का गुजरा अब सारा
यादों का मेला लगता है

चाँदनी

प्रियतन का हंसना छंद हो गया
अंग अंग मकरंद हो गया
देह खिली और छटासी बिखरी
प्रेमाश्रित आंसू ढलके मोती से
फूटा दर्द बसंत बहार सा
लावण्य मेरा स्वछंद हो गया
अंग–अंग मकरंद हो गया
पगडंडी क्यों बहक रही है
देख गुलाबी अमलतास की
मन सांसों में बंद हो गया
अंग–अंग मकरंद हो गया
धवल चाँदनी छिटके तारे
प्रकृति पुकारे पांव पसारे
चंचलता ही ईश बनी है
जीवन मेरा सुगंध हो गया
अंग–अंग मकरंद हो गया

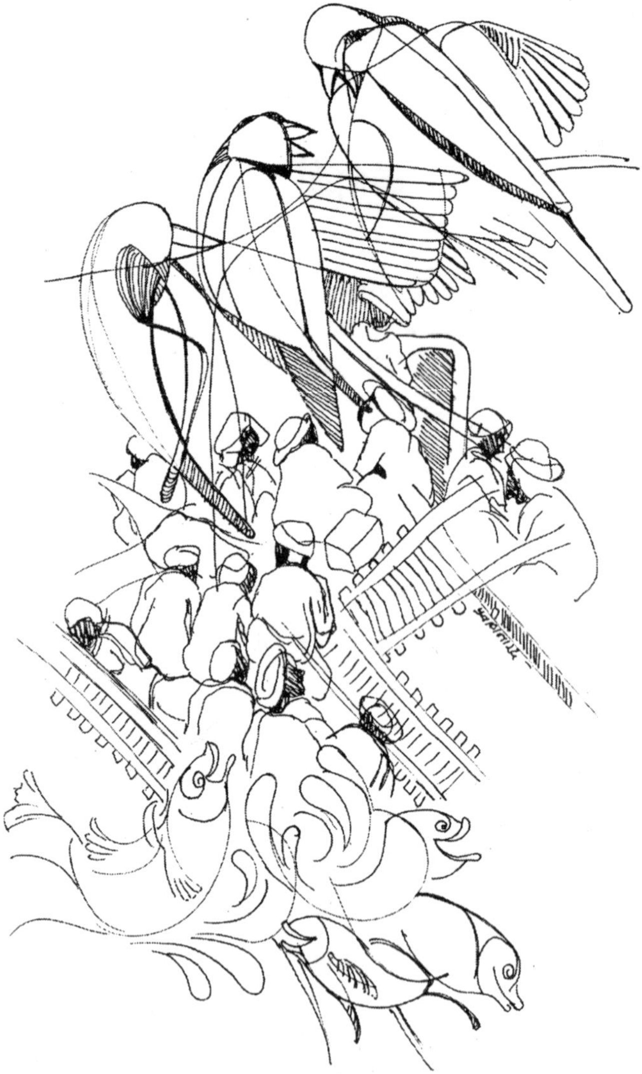

जिंदगी एक रेलगाड़ी

जिंदगी
काश्मीर से कन्याकुमारी तक
चलने वाली रेलगाड़ी सी लगती है
जिंदगी में घटने वाले
हादसे
जंक्शन बड़े स्टेशन
और छोटे–छोटे स्टेशन
स्टापेज की तरह आते हैं
कई छुये–अनछुये
प्रसंग जिंदगी में
चढ़ने–उतरने वाले
यात्रियों के जैसे
यात्रा को प्रारंभ
यात्रा के अंत जैसे
आते–जाते रहते हैं
बस जिंदगी का काम
चलता होना होता है
आसपास के वातावरण को देखकर

अपने पैर की चादर को
अपनी श्रम क्षमता से
आवश्यकतानुसार बढ़ाते हैं
जिस तरह रेलगाड़ी
लाल संकेत खतरे को
देखकर रूक जाती है
और हरा संकेत पाते ही
धीरे से
रेल लाइनों पर बढ़ जाती है
बस सतर्कता आवश्यक है
रेलगाड़ी की तरह
जिंदगी में भी
जिंदगी
रेलगाड़ी सी
लंबी दूरी तय करती रहेगी

गजल

देश कर्फ्यू में नहाया हुआ है
हर शख्स घबराया हुआ है
रातों की नींद दिन में ही आ जाती है
दिन में जो रातों का डर समाया हुआ है
बाग के दरख्त बरबस ही कांप उठते हैं
हवाओं में जो षडयंत्र समाया हुआ है
पहाड़ों के पत्थर बरबस ही चटक उठते हैं
मेरे ही भाई ने जो बारूद छुपाया हुआ है
पेटों की दूरी पीठ से घटती जा रही है
सफेद खादी का मौसम जो आया हुआ है
गरीबी के नाम पे मांगते है करोडों का ऋण
कुर्सियों ने हड़पने का प्लान जो बनाया हुआ है
साहित्य फुटपाथ तले बिका जा रहा है
नौकर शाही ने उसे जो दबाया हुआ है।

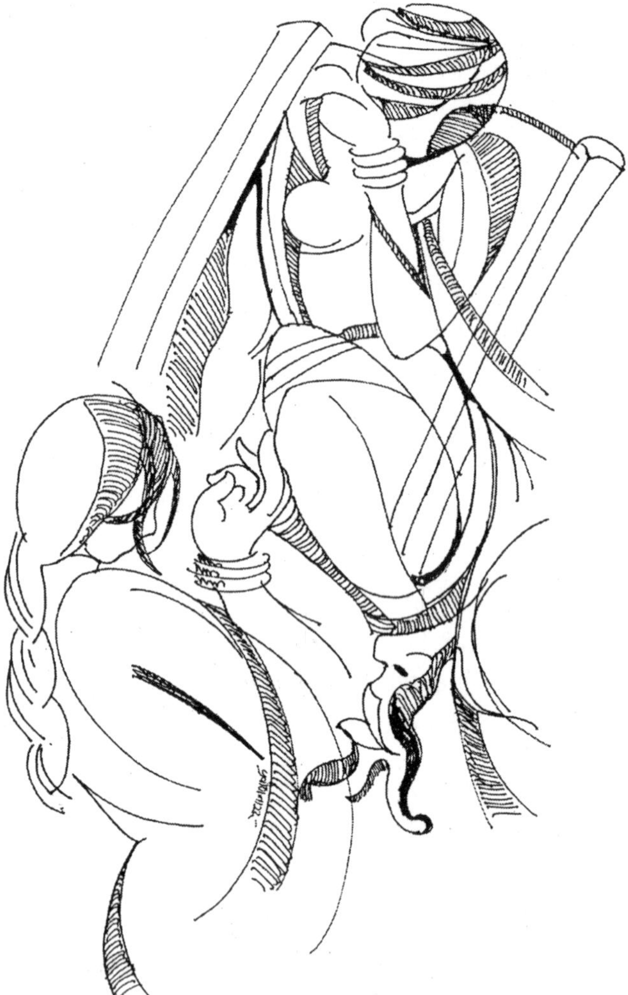

नवयौवना

दर्पण में छवि कौन निहारे
अंग अंग शरमाते हैं
शीश यौवन को कौन नवायें
पवन झकोरे आते हैं
श्यामल नयनों से मधुरस छलके
चोली दामन तर हो जाते हैं
अर्पित मन जब मस्ताये
चीर हरण नहीं भाते हैं
स्याह सोख नशीली काया
छिटके कागज पे आते हैं
इंद्रिणियों का अर्थ छुपाये
शब्द सभी कतराते हैं
पलक झपकते होंठ कट जाये
जाने क्या कुछ कह जाते हैं
लाख छुपाओ छुपे छुपाये
दर्द प्रेम गीत बन जाते हैं

आदमी

शहर अब जंगल होते जा रहे हैं
आदमी आदमीयत खोते जा रहे हैं
चलना साथ आदमी के हो गया दूभर
आदमी में आदमी के अपहरण बढ़ते जा रहे हैं
चरित्र को सिक्कों ने इतना खा डाला
भाई ही बहिन को अब बेचे जा रहे हैं
पंछी बचाकर नजर अब छुप जाते हैं
आदमी कुछ उल्लुओं से बतिया रहे हैं
भूख ने निर्ममता इतनी बढ़ाई अब
पेट और पीठ पास आते जा रहे हैं
सच पड़ा है झोपड़े में कहीं
उंचे मकान झूठ के बनते जा रहे हैं
सत्ता हो गयी है अब इतनी चमत्कारी
आदमियों में कुछ कौवे हंस हुए जा रहे हैं।

बिटिया

बिटिया है तो छोटी
लेकिन करती है जिद
स्कूल जाने की
हालांकि आता नहीं है
पढ़ना–लिखना
ए बी सी डी .....भी
बिटिया है तो छोटी
लेकिन करती है कोशिश
नन्हे हाथों से
मेरे चेहरे की झुर्रियों को हटाने की
जो समय ने दीं हैं
बिटिया है तो छोटी
लेकिन करती है हिसाब
अपनी मां से बढ़कर
रूपये–पैसे का
अपनी टॉफी और लालीपॉप
के लिए
बिटिया है तो छोटी

लेकिन होता है उसका
इतना लंबा उपक्रम
पूजा–पाठ का
जो नानी मां ने बताया था
ईश्वर के विश्वास का
बिटिया है तो छोटी
करती है बंद चलते
टीवी को देखकर
मारपीट के दृश्य
न समझते हुए भी
बप्प* कहते हुए
बंद करने की कोशिश में
बार बार बप्प करती है और
उससे वह विद्युत यंत्र
बंद नहीं हो पाता
परंतु मैं आल्हादित हो उठता हूं
टीवी के बंद न हो पाने से नहीं
बल्कि बिटिया के द्वारा उस दृश्य को
बंद करने की कोशिश से

---

*बप्प–चुप (स्थानीय लोकभाषा का शब्द)

कारखाने का आदमी

कोयले की भट्टी में
जल रहा है आदमी
बौनी होकर सिमट गयी है
सारी की सारी आकांक्षाऐं
चिमनी उगलती है जहरीली धुआं
और रोजमर्रा की समस्याएं
होता है जिनमें प्रोवीडेंट फंड या
और किसी अन्य किसिम का लोन
जिनमें होती रहती पत्नि बीमार
कई कई बार
फायनल और टेम्परेरी विड्राल की
अंधी रिकवरी से
जाने कितने अनजाने
भतीजी–भतीजों की
मंगनी और विवाह करवा चुका होता है
कारखाने का आदमी
हालांकि खुद की बेटियां बैठी होती हैं

पीली हल्दी की आस में
जो देखकर–देखकर
खुश होती रहती है
साहब के घर
विको टर्मेरिक क्रीम का
शादी वाला विज्ञापन
रंगीन टीवी में
बिटियों के सारे उड़ान भरे सपने
खा जाता है कारखाने का ढर्रा
आखिर कब तक जीयेगा
इतना बौना होकर
कारखाने का आदमी
इकट्ठा करना होगा
अब हमें इस ढर्रे के खिलाफ
ताकि बिटियों के
उड़ान भरे सपनों में
पर उग आयें
और वे उड़ान भरने लगें
जो शपथ लेती है
देश के प्रति निष्ठावान रहने की
पर उनकी इस निष्ठा से
स्वयं को असुरक्षित सा
महसूस करने लगा हूं
उनसे जिन्हें चुनकर भेजा था
अपने शहर के लिए

जी हां यह वही शहर है
जिसकी मैं बात कर रहा हूं
और अब अपने शहर से ही
डरने लगा हूं मैं।

कलुआ की अंगुलियां

कलुआ रोज खाता है
बनिये की दुकान से खरीदकर
राशन से मिलने वाला भात
अंदाज लगाता है खुराक का
जो अंगुलियों पर गिनी जा सकती है
कलुआ
रोज खाता है
मालिक की गाली
महसूस करना बंद कर दिया है
उसने
पीठ में पड़े घाव के निशानों को
जो मिले हैं उसे
व्यवस्था के ठेकेदारों से
कलुआ रोज बहाता है पसीना
हिसाब लगाना बंद कर दिया है
उसने पसीने की बूंदों का
कलुआ देखता है
बीडीओ साहब की हरकतों को

गिनने के लिए अंगुलियां
कम पड़ जाती हैं
और कितनी होनी थी
ऐसा सोचता है वह जोड़ नहीं पाता
अधूरा जोड़ रह जाता है
कभी कभी सोचता है
कलुआ
कुछ लोग कहते थे
तेरी अंगुलियां बडे काम की हैं
व्यवस्था के लिए
व्यवस्था के बदलाव के लिए
जो आतीं हैं काम प्रजातंत्र को
बचाने के लिए
केवल पांच वर्ष में एक बार
कलुआ की अंगुलियां काम आती हैं
व्यवस्था और पसीने भरे हाथों को
जोड़ने में
ऐसा लाल कपड़े पहिने
खिचड़ी दाढ़ी वाला
फटे मैले झोले वाला
सिरफिरा सा लगने वाला आदमी
कह रहा था कि एक दिन
जो आजकल चुपचाप–चुपचाप
सा रहता है
कलुआ से बोलता भी नहीं हैं

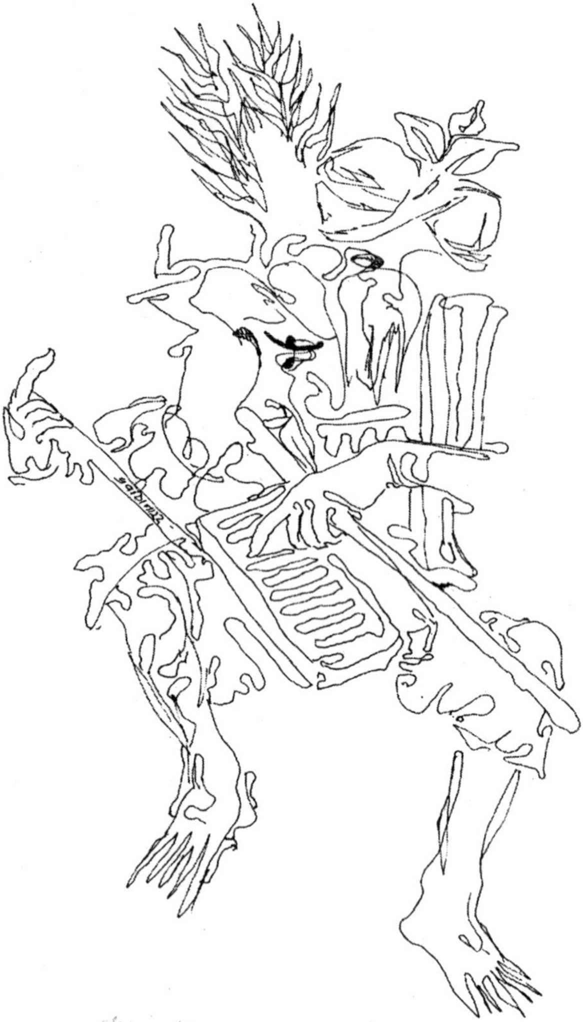

आजकल खिचडी दाढी वाला
मजाक भी नहीं करता है
हां आप ही आप मन ही मन में
कुछ डंकल डंकल, प्रोटो प्रोटो
और न जाने क्या क्या बकता रहता है
यह खिचडी दाढी वाला आदमी
कलुआ को कुछ भी समझ नहीं आता
व्यवस्था प्रजातंत्र अंगुलियां/बदलाव
प्रोटो और डंकल प्रस्ताव

रोशनी बिखेरती वह

मात्र तीस रूपये
कीमत है
रात्रि के चार घंटे की मजूरी की
आंचल से लिपटा
दूधमुंहा बालक
अफीम के नशे से नहाया हुआ
जो चटायी गयी थी
मजूरी के बदले
बच्चे को चार घंटे तक
बेहोश रखने के लिए
मजूरी के बदले
खाती है धक्के
शराब के डूबे नशे में
जवान/अधेड़ और बुजुर्आ
किसिम के भी बाराती
सब के सब देखना चाहते हैं
भूख से त्रस्त
दूध पीते बच्चे को

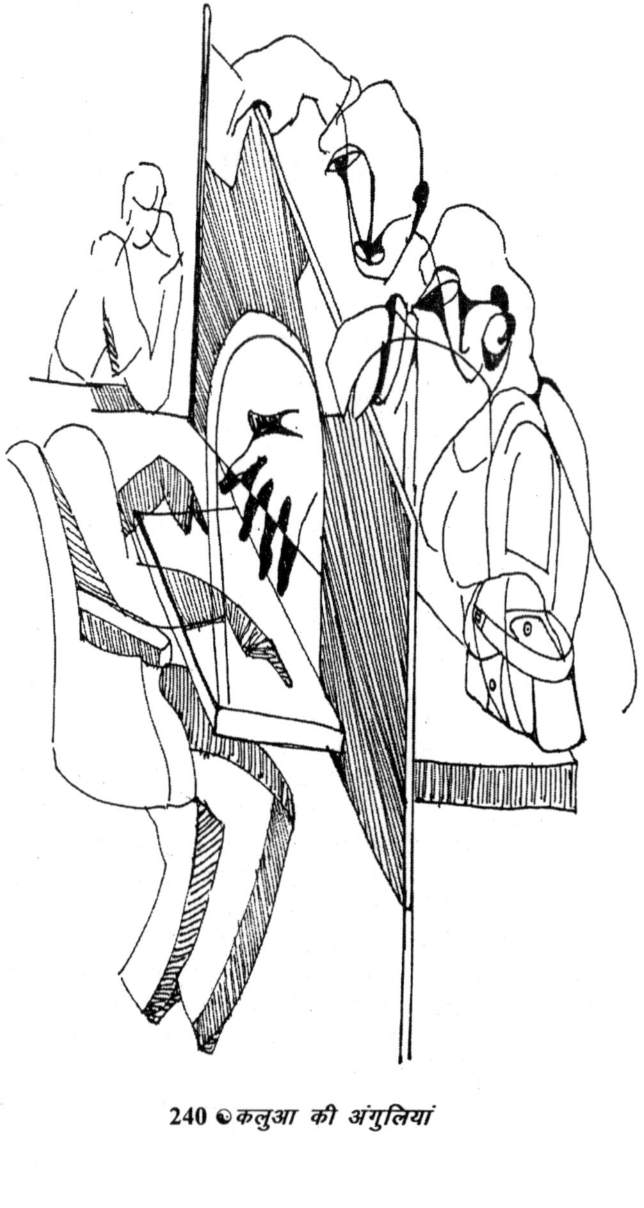

दूध की रोशनी में नहायी
फैलाती है रोशनी के
गमले से
जो रखे हुए हैं सर पर वह
लंब–लंबे तार
कोई आगे खींचता है
तो कोई पीछे
बैंड पार्टी आगे खींचे
तो फिर कोई पीछे
बैंड पार्टी आगे भागती हैं
दूल्हा और घोड़ी पीछे
बाराती लड़खड़ाते है
फटाखे और अनार दाने
फूटना/चमकना
धक्के खाते हुए
पहुंचाती है बारात को
जनमासे से
घराती तक
कभी–कभी
मजूरी तीस में से भी काट लेता है
ठेकेदार
बीस या फिर पूरे के पूरे
तीस रूपये
फूटे हुए बल्बों की कीमत
जो फूटे हुए होते हैं

शराब के धुत
बारातियों के डांस से
खुशी के इजहार करने के उत्सव में
कई धक्के और एक फूटा हुआ बल्ब
इंतजार करवाते हैं अगली बारात
या फिर किसी अन्य जलसे का
शायद अब कल हों बारात
सभ्य और समझदार बाराती
खुशी का इजहार
उत्सव शायद आज से कम हो कल
डांस भी कम हो शायद
फिर पूरे मिलेंगे तीस रूपये
मजूरी के
इसी आशा में
बारात दर बारात
और पूरा मौसम निकल जाता है
आने वाली बारिश के पहले
घर की खपरैल ठीक करवाने की
आशा के साथ....
इस बार की बारिश में
शायद पानी न चूऐं

किसान

पकती हुई बालियों को देख
किसान का सीना
फूल रहा है
पत्नी की फरमाईशें
कसमसाने लगीं हैं
मुन्ना देखता है
नई कमींज रोजाना सपनों में
जो तैरते रहे हैं
साल भर इंतजार करने के बाद भी
किसान हिसाब लगाता है
अगली साल के लिए
कुछ रखने की सोच
हंसिया पर धार करवाता है
खाली कोठियों को निहारता है
मालगुजार
निहारता है बाहर उगे इन हंसियों को
मूछों पर ताव देता है
कीमत लगाता है एक दिन के हंसिये की

किसान धार के पीछे देखता है
बीबी बच्चों का खाली पेट
बेटी की शादी के लिए दहेज
गांव की मांटी कहती है
बेच दो/बेच दो पूरा का पूरा दिन
मगर रात बचाकर लाना मेरे लिए
हर साल चैत आता है
बाहर निकलने का संदेश लाता है
मगर देखना तुम्हारी मेहनत
किसी की आंख में
खटक तो नहीं रही
या कि
तुमने अपने आप को
पहचानना तो शुरू नहीं कर दिया
किसान के चेहरे पर
संतोष की रेखा उग आयी है
और मालगुजार की कोठरी में
खलबली मची है
कि
आ गया चैत
आ गया चैत
निकलेंगे किसान
अब गांव छोड़कर
परिवार छोड़कर

पायेंगे कुछ अन्य
कमर तोड़कर
लेकिन साल बीतेगा अच्छा
यही कुछ सोचकर
निकलेंगे अब गांव छोड़कर

जूलूस संस्कृति

पूरे जूलूस में
होते हैं
काले झंडे
लाल बैनर
तख्तियां
इंकलाब की
जिंदाबाद की
झंडे टिके हैं
डंडा संस्कृति के सहारे
हो चुकी है व्यवस्था पंगु
स्वयं का अस्तित्व तो है ही
खतरे में
दे नहीं सकता डंडा
संस्कृति
मार्गदर्शन
अगली पीढ़ी को
अपनी इस नपुंसकता पर
हम हंस भी नहीं सकते
मानता हूं

हंसना मन बहलाना होता है
उस पीढी का
जिसे थामकर हाथ में
लोकतंत्र का झंडा
हम पीछे होना चाहते हैं
उत्सव की तैयारी की बातें
कितनी निरर्थक
कितनी खोखली लगती है
उत्सव में उपजे प्रश्न
कोसों दूर होते हैं
सूखे स्तनों से
व्याकुलता के साथ
उद्घाटक व्यवस्था चाहती है
भरपूर दूध
सुबह–शाम
बीस–बीस सेर
जर्सी गाय के बराबर
जबकि
पहिले ही
हिसाब हो जाता है
चालीस–चालीस सेर
मिलाकर पानी का
लोकतंत्र का बैनर
चबा जाती है
जर्सी गाय बड़े–बड़े थनों वाली

शब्द

शब्द
मंथर गति से बहता हुआ पानी है
वक्त का ठहरा हुआ किनारा है
भयावह विस्फोट की परिकल्पना है
शब्द
भूखे पेट जागती मां का सपना है
बिखरती संस्कृति का वर्तमान है
इंसा की घिनौनी सूरत का आईना है
शब्द
ग्रीष्म में अमराई हरियाली है
सावन के झूलों का कंपन है
नासूर में उपजा सिसकता दर्द है

256 ☯ कलुआ की अंगुलियां

चश्मदीद गवाह

चश्मदीद गवाह
जब हार जाता है
मन और
बिखर जाती है कोशिश
केवल तब ही न जाने क्यों
आजकल कविता लिखने की
बात होती है
उस दिन जब
भीखू गेंगमेन ने अपना
प्रावीडेंट फंड मांगा था
और
उसे बिना किसी कारण के
रिग्रेट कर दिया था
तब एक कविता ने जन्म लिया था
हालांकि भीखू गेंगमेन के
प्राविडेंट फंड को रिग्रेट करने के कारण
केवल कविता ही समझ पायी थी
क्योंकि कविता को ही मालूम था कि

प्राविडेंट फंड के अभाव में
भीखू की बीवी
जल्दी स्वर्ग को प्रस्थान क़रेगी
अब तो मेरे सेक्शन में
आजकल न जाने कितनी
कविताएं जन्मती–मरती रहती हैं
क्योंकि मेरा सेक्शन
केवल ऐसे ही केस डील करता है
जिनकी नींव
कविता के लिए मजबूत होती है
अमूमन
किसी भी विधवा को नौकरी दिलाना
और ड्यूटी पर मरे हुए कर्मचारी के
उत्तराधिकारी को दिलाना मुआवजा
उत्तराधिकारी की गुत्थम गुत्थी में
कविता में नहीं मन में
कुढ़ते अधिनियम की किताब
विस्मय से आंखे फाड़े रह जाती है
सभी को मालूम था
संतु की मौत कैसे हुयी थी
परंतु कमेटी का निर्णय ही
केवल निर्णय होता है
उसे भेजा काम से ही था
साहब के घर काम करने

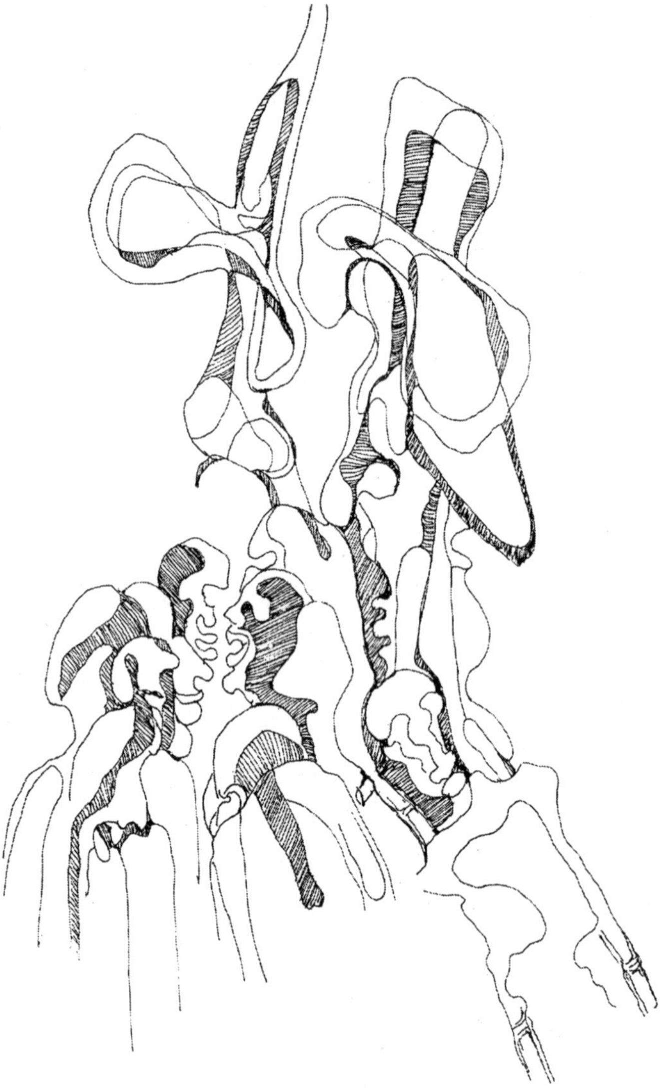

परंतु लिखित में नहीं
सो अब क्या मिलेगा बेचारे को
खैर कविता केवल इंतजार कर रही है
कि मेरा मन हार मानना छोड़ दे
और कोशिश में बिखराव आना
बंद हो जाये
तब केवल कविता ही होगी
एक चश्मदीद गवाह
भीखू गेंगमेन और मरे हुए संतु को
उनका कुछ दिलाने को

मेज पर रखा हुआ है

हक और अधिकार
अधूरा है
बिना वजन के
अस्वीकृत हो जाता हैं
बिना चढोत्री के
बावजूद राजनीतिज्ञ दौरों के
बेटी के विवाह के पहिले ही
सूख जाता है
खेत
रूठ जाता है मौसम
फैल जाती है
महामारी पूरे के पूरे गांव में
सूखाग्रस्त गांवों को
राहत मांगनी होती है
मिलती नहीं है
केवल हाथ फैलाने से
और रोना रोने से
मौसम का क्या है

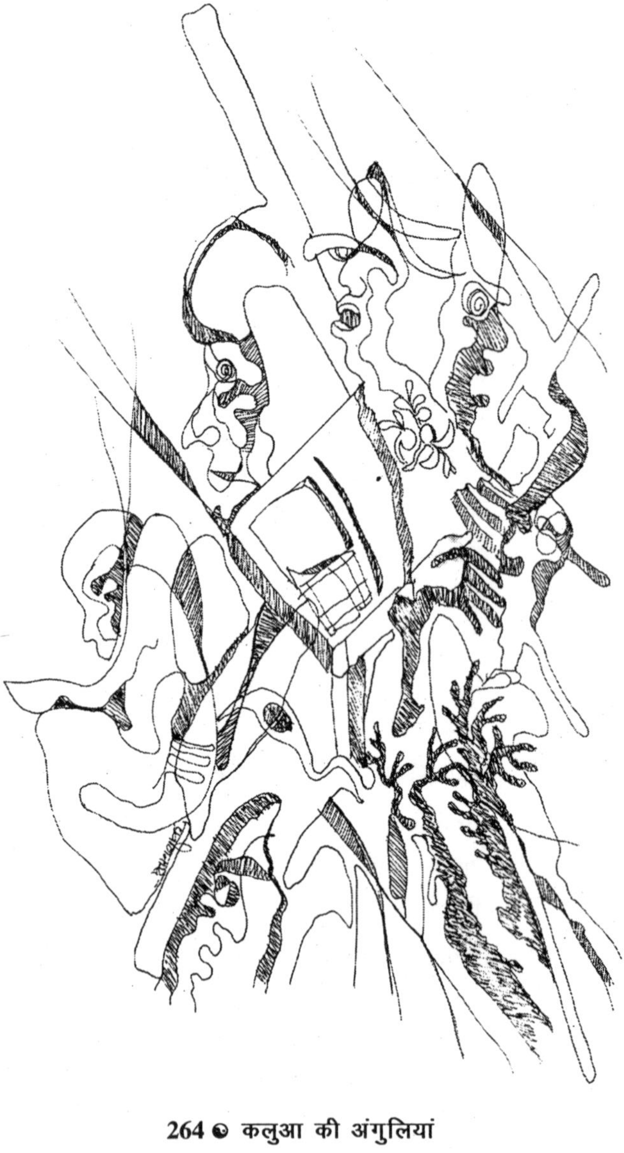

मौसम तो हर वर्ष बिगड़ता है
अकाल भी तो हर बरस पड़ता है
वर्षा भी होती है शोषण की
सब कुछ मिल जाता है
ऋण के रूप में
खरीदने के लिए
बीज खाद और पानी
और तो और
कुंआ खोदने के लिए भी
बस कहते हैं कि
सारे के सारे कागजात
व्यवस्था के हाथ बांधे हैं
मांगते हैं
कुछ अलग अलग तरीके का
वजन
हरे लाल और कुछ मटमैले रंग के
अंटी में फंसे
गुड़े मुड़े कागजों सा
इसलिए बेटी की चढ़ती जवानी
कौंधने लगती है
सूखाग्रस्त गांव के
उन बूढ़े हाथों को
जिनके आंखो की रोशनी
कम होती जा रही है
और बढ़ रहे होते हैं

बिना किसी सरकारी सहायता के
सहारे
आगे की ओर

जिंदादिली

एक शरीर
ढोता हुआ
अनेकों जिंदगीं
एक कोने से
दूसरे कोने तक
जम्मू से कन्याकुमारी तक
नापता है दूरी
दूरी मापने के क्रम में उसे पता ही
नहीं होता
अपनी जिंदगी का
जिंदगी का पता न होना ही
जिंदादिली का नाम है

12
3
6
8
24

गार्ड

लाल झंडी
हरी झंडी
लगती है
अनेक प्रश्नों की प्रयोगशाला
दिमाग में घूमते प्रश्न
जिन्हें जीवित रखने के लिए
वह सीटी बजाता है
और गाड़ी आगे चल देती है।

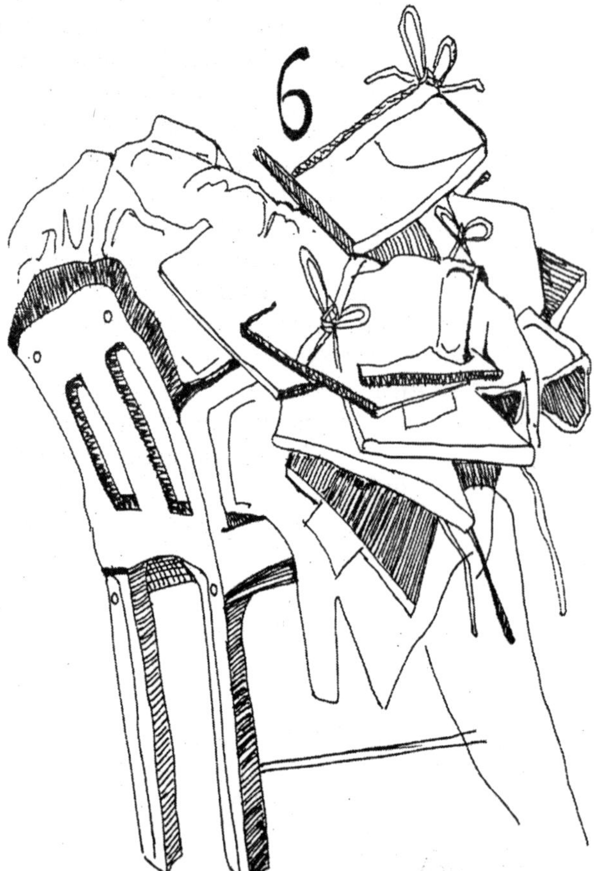
6

क्लर्क

ढेर फाईलों का
ऊपर नीचे ही
किया जा सकता है
स्लिप के साथ
आना–जाना
समझ नहीं आता
कब हो खत्म
यह सिलसिला
आने जाने का
आवश्यक और
अतिआवश्यक के साथ

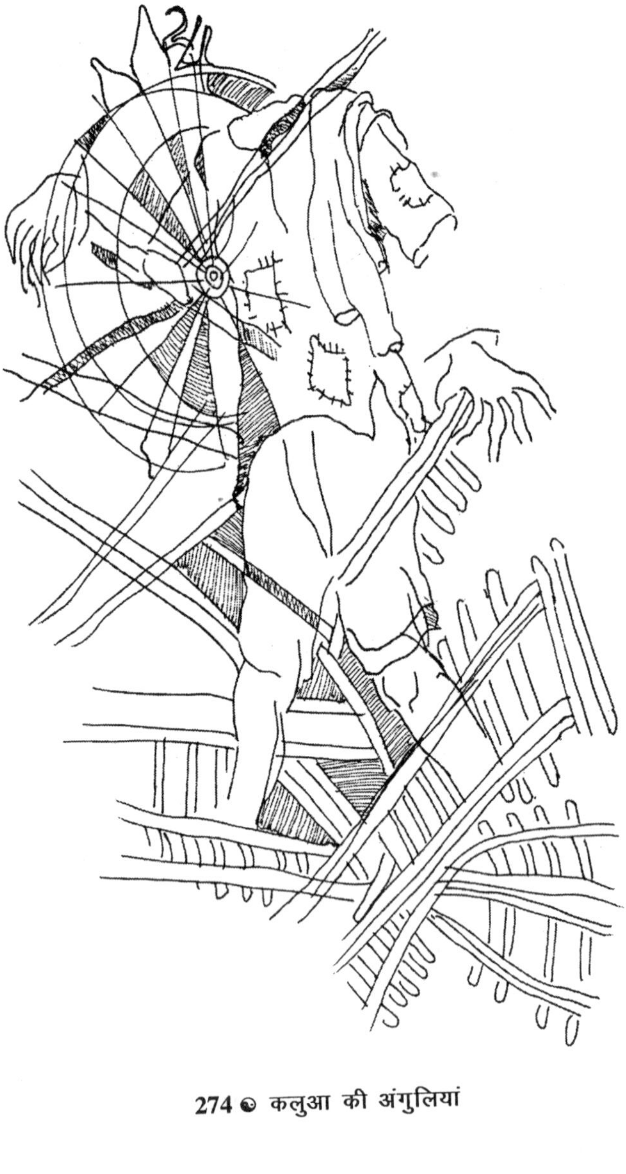

प्वाइंट्समैन

लगातार शोर–शराबा
धधकती पेट की गरमी में
नाचता है
एक हाड़ मांस का
खोखला शरीर
एक लाइन
दो लाइन
और लगातार
लाइनें ही लाइनें
पर उसे अपनी लाइन का
पता ही नहीं होता है
कि हैं कितनी लाईनैं
अप एण्ड डाउन लाइन
मेन लाइन या लूप लाइन

फायरमैन

एंजिन की भटटी में
रोजाना झोंक देता है
पेट और रोटी
गृहस्थी
मुनिया और उसकी फटी फ्राक
बीबी और खांसता बाप
मां की टीबी
और न जाने कितने
जाने–अनजाने प्रश्न
भट्‌टी की राख ठंडी होने तक

टीटीई

हाथ पसारती आंखे
बर्थ सीट या फिर
यूंही बैठने की जगह ही सही
याचना लगातार
ले पैसा
और दे बर्थ या सीट
या बैठने की जगह ही सही
जगह मिलते ही
भद्दी गालियां
जो चलती रहती है
लगतार
पीढ़ी दर पीढ़ी

बुकिंग क्लर्क

खिड़की के अंदर के
उजले हाथ
काले होते हैं
ऐसा मानते हैं
सभी लोग
हो सकता है
यह सच भी हो
परंतु यह भी
निर्विवाद रूप से सत्य है कि
कालिमा सफेदी के बीच ही दिखती है
और लोग कहने लगते हैं
आजकल सफेदी है ही कितनी
पर मेरे भाई है तो सही यहाँ

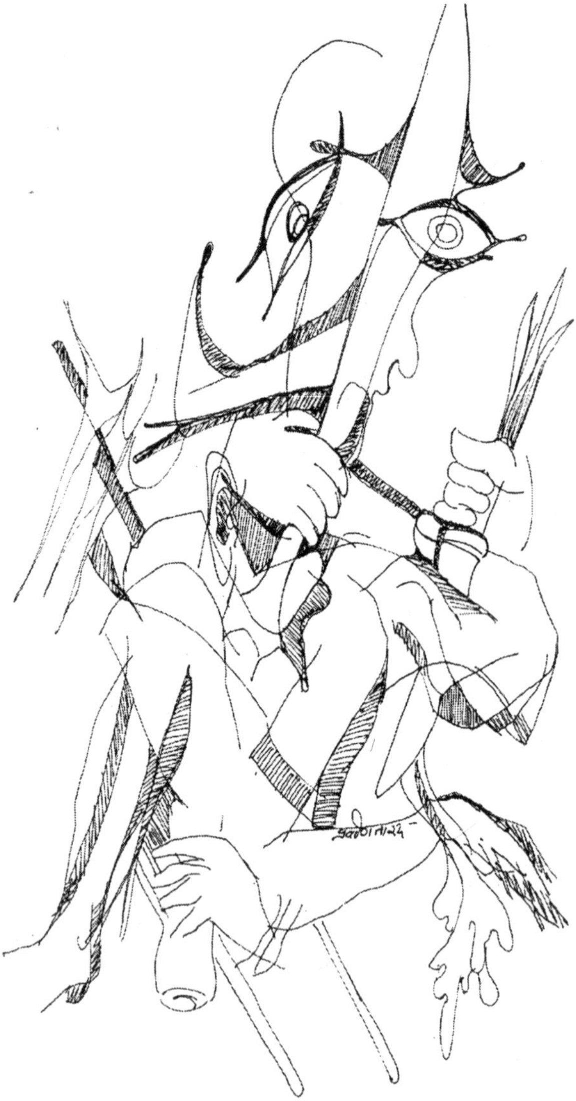

मानवता का अंत

स्वतंत्र हुए जंजीरें टूटी
काश
विकसित होती मानवता
अवमूल्यन किया विचारों ने
अंधकारों की परछाई हटी
फिर भी! आस नहीं टूटी
शायद अब!!
विकसित होगी मानवता
जकड़ लिया उसे अब,
वैमनस्य बैर अभावों ने
जुड़ी और नई कड़ी
पुनः मानसिक द्वंद हुआ
शायद अब!!
शायद अब!!
मानवता का उत्थान हुआ
किंतु दिखा दिया
स्थिति ने
मानवता का अंत हुआ, अंत हुआ

खिलौना

दुकानदार ने बड़े अरमान से
नया खिलौना दिखलाया
डिमान्स्ट्रेशन विस्तार से समझाया
बाबूजी ले लो
बिल्कुल लेटेस्ट खिलौना है
मिट्टी के भाव में सोना है
घर भर जायेगा
बड़ा मजा आयेगा
न चाबी, न सेल
और न ही बिजलीबेल
बस, एक रूपये के सिक्के से चलता है
मुंह में डालो लबालब भरता है
कभी छिप जाता है
कभी भाग जाता है
और कभी कभी नजर भी नहीं आता है
अब बोलिए बाबूजी
क्या आपके मन को भाता है
हमने कहा

भईये क्या है तुम्हारे इस
अदभुत खिलौने का नाम
वह बोला—साहब पंडित भ्रष्टतम

गैस त्रासदी

गैस त्रासदी के बाद उपजे
शिशु
और मरे हुए जिंदा
ठंडे/सूखे नरकंकाल
बाट जोह रहे हैं
शमशान/कब्रिस्तान और
मुर्दाघरों की
सरकारी योजनाओं में
पनपना
भोपाल गैस कांड
अब शिशु से
जवान हो चला है
जिसमें है व्यथा
दर्द
घुटन
जिन्हें इकट्ठा कर
जुलूसों की शक्ल में मनायी जाती हैं
बर्सियाँ
हर बरस एक बरस बढने से
गैस अदालतों का स्तर बढ जाता है

उंचाई बढ जाती है
गगनचुंबी अटटालिकाओं की
अंतरिम राहत और
मुआवजा राशि के बीच
झूलता रहता है
भोपाल का गैस पीड़ित
अभिव्यक्ति कितनी मुश्किल है
पूरा का पूरा परिवार
झुलस गया है
गैस कांड में
परिवार की कीमत
सरकारी कागजों पर
होती है शायद दस लाख
और
नकद तक आते आते रह जाती है
केवल पांच लाख
बेचैनी
घबराहट
और उतार चढाव के बीच
जिंदा है
भोपाल शहर
भोपाल का छोटा–बड़ा तालाब
भोपाल रेलवे स्टेशन
और यूनियन कार्बाइड के
गगनचुंबी कंटेनर

वर्षगांठ

देश की स्वतंत्रता की
वर्षगांठ
देश ने कुछ इस तरह मनायी
बच्चों ने गाया गाना
आम नागरिक ने कसम खायी
राष्ट्र के प्रति समर्पित रहने की
महिलाओं ने मांगा अधिकार
और
राजनेताओं ने खाया चारा
किया घोटाला
डायरी पकड़ी भी गयी
पर नाम पड़ गये धुंधले
कलाकार ने खायी गोली
हो रही है खून की होली
फिर भी हम आगे बढ़ रहे हैं
कल हमारा है
भारत जान से प्यारा है
तिरंगा फहराया, फिजां में लहराया

काश हमने समझा होता
देश की फिजा को
होता फिर हमारा
सारे जहां से अच्छा हिन्दोस्तां हमारा
बूंद के कतरे कतरे से
मिली आजादी
बंट रही है
ताम्रपत्रों
स्वागत समारोहों में
चीखते चिल्लाते भाषणों में
बीत चुके हैं
स्वतंत्रता के पैंसठ वर्ष
कई–कई बरस
भूखा खडा रामू
बांट जोहता रहा है
रोटी कपड़ा और मकान की
जो मिलता है उसे
पांच साल की गठरी में
आश्वासनों का पुलिंदा
वक्त की रफ्तार के साथ
रामू आदतन
आदि हो गया है
तिरंगा फहराने का
हर उक्त उसे

स्फूर्ति देता है
लहराता तिरंगा
रामू रोज जीता है
रोज मरता है
और आज दीपक जला रहा है
स्वतंत्रता की नई वर्षगांठ पर
निहारते हुए आकाश की ओर
फटेंगे और पटाखे
रामू का घर जगमगायेगा दीपों से
शायद अगले बरस